九歌少兒書房

行政院文化建設委員會 指導

第14屆現代少兒文學獎得獎作品

天使帶我轉個彎

呂淑敏◆著　貝　果◆圖

評審委員推薦

林武憲：

這篇小說，寫九二一大地震後，失去雙親、家庭的小臻，像個遊魂一樣，迷迷糊糊的過日子，呈現她從不能接受到走出悲傷的故事。陪她走過困境的是她的好朋友「阿碰」，也是帶她轉彎，不要一直站著不動的「天使」。對於心理的描寫很細膩，對於友情和親子關係的描繪也很動人。人生常有各種「意外」，如何面對、調適，本書可以給我們一些啟示。

呂紹澄：

失去雙親的孩子，沒有悲觀的權利，作者以流暢的文筆，紀錄故事中主角成長的足跡，做自己的天使，也當別人的天使，活得比誰都勇敢堅強。

作者序

為他們撫平傷痕

我見不得孩子哭，不管是號啕大哭、抽噎啜泣或看不見眼淚的悲傷，都教我不忍，彷彿這個世界欠他們一個呵護，少他們一個公道；可是我又不知道該用哪隻手替他們拭去眼淚，用何種能耐為他們撫平傷痕。直到九二一那天，心裡的一個故事才藉由大地撕裂的傷口綻出頭來，不將它寫下，它便要在我心裡梗著。於是我用有限的、零碎的時間一天寫一點，點點滴滴、修修改改，歷經六年，終於完成。

地震、海嘯、戰亂、意外……可能一夕之間改變生命的樣貌，但是，更多的孩子卻可能被長期浸泡在壞水中，以緩慢、不自知的速度枯萎、變質。

驟然變故也好，不知不覺的讓原本清純、愉悅的生命扭曲變形也罷；不幸的孩子絕大部分是成人的責任。

謹將《天使帶我轉個彎》獻給每一個不圓滿的孩子，不論遇到多麼缺憾的事，哪怕是考試沒考好，哪怕是沒錢繳午餐費，哪怕是受到不合理的對待，哪怕是遭逢意外或喪失親人……都希望他們有足夠的勇氣和力量抬起頭來，向前邁進，並且相信黑夜之後必有黎明，大雨過後終見藍天。

contents

contents

目錄

1. 劫後的玫瑰

一天？一星期？一個月？一年？一輩子？或只是一個晚上，一場夢？小臻弄不清楚到底是多久以前的事，好像短得來不及更換季節，短得來不及增長身高，卻又長得見不到一點點以前的影兒、捱不到一點點以前的邊兒。一隻沉睡百年的地牛，這麼「啪」的一下，翻了個身，咧開百里長的嘴，飢渴的吞進無數房舍、高山、大川和生命，打幾個飽嗝，又呼嚕嚕睡了。它哪裡知道它闖了什麼禍，讓多少人流離

失所，又讓劫後餘生的人承受多少驚嚇！

原本，小臻是爸媽心上的寶，是老師的好學生，是同學的好玩伴。現在，她把以往所有的好，都匆匆打包，藏到心底最最深層的角落，不教它露點兒光出來扎她的眼，讓她流淚；只隻身帶著一個書包、一個提帶，投靠基隆的阿姨。

不！除了書包和提帶，小臻還帶了一株玫瑰。這是阿姨陪著她到居家舊址做最後一次巡禮時帶回來的。

小臻並不特別喜歡玫瑰，只因為它是唯一能保留的舊東西，所以執意將它帶到基隆。即便它盛開的花全掉了，葉緣都鑲上一道焦黃的邊，枝條上只勉強附著一個要開不開的花苞，小臻還是要照料它。

她表弟說：「哎呀！都快死了，要它幹麼？我們家的玫瑰比它漂亮多了。」

小臻沒說話，她捧著玫瑰，一路到阿姨家，小心的把玫瑰放進盆裡，小心的填充泥土、澆水，小心的把盆放在房間窗口的花架上。

阿哲懂什麼？小臻想。無關玫瑰美不美，而是她得照顧它，替它澆水。她答應過爸爸媽媽，不能因為他們一時不見就偷懶，要不然他們可能就真的消失了。她相信爸媽只是在考驗她，看看她是不是懂事到能夠信守承諾。

阿哲哪裡能懂！不只阿哲不知道，恐怕阿姨、姨丈或任何人都不知道。

2. 誰是孤兒？

小臻不多話，簡直就像啞巴。事發後好一陣子，她到阿姨家，成天直盯著電視看；看不到她要的東西，便成天睡。而後，阿姨告訴她，不能繼續當遊魂，必須打起精神，讓生活恢復正常。難道她不知道這是不可能的事嗎？爸媽不在，怎麼恢復正常？要恢復正常，就得讓他們出來啊！

阿哲告訴他媽：「小臻怪怪的，每次我要跟她說話，她都不理

我。」

他媽媽會說：「你表姊心情不好，你要體諒她，不要去煩她。」阿哲當然不覺得自己是去煩她囉。相反的，他才體貼咧，有好吃的，就問：「小臻，你要不要吃？」有好玩的，也問：「小臻，你玩不玩？」上學路上，他介紹小臻給同學、同學的媽媽、同學的爸爸、同學的叔叔伯伯阿姨哥哥姊姊，以及所有他認識的人，說：「她是我的表姊，姓林名臻。從南投搬來我們家。我媽媽說她現在是孤兒，大家要對她好一點。」

小臻白他一眼，扭頭就過馬路去，從此上學放學都躲他遠遠的，別說和他講話，連看都懶得看他一眼。

這種表弟真是不要也罷，什麼孤兒不孤兒的！我的爸媽只是懲罰我偷懶不替花園澆水，所以讓我一時見不到他們而已，哪就算孤兒了？他們心腸軟得很，我敢說再過幾天——也許明天一早——他們就出現了。他們會輕輕搖醒我，說：「懶丫頭，我們來了，還不起床麼？」到時候，我眼睛揉也不揉一下，立刻和他們一起回家。院子裡玫瑰、茉莉、雞冠花、杜鵑、桂樹、紅竹、黃梔花都照樣美美的，花圃邊照樣放著一把小鏟子，鞋櫃上照樣有一盆萬年青，大門上照樣貼著一張我寫的「春天到」，紗窗上照樣有一個合不攏的隙縫，窗簾布邊照樣有被我扯壞的毛穗，房間照樣亂，廚房照樣乾淨，冰箱門上照樣有三個蔬果磁鐵，沙發上照樣躺了一道陽光……什麼什麼都和以前一樣。

那我就會大大的鬆了一口氣，告訴他們說：「好了，我乖乖去澆

水了，你們可不許趁我不在的時候又偷偷溜走喔！」

事情就是這麼簡單，我哪裡是孤兒？

別以為用殘破的布景和一場唏哩嘩啦的葬禮就能唬過我。沒用的！我才不信！大家只是要給我一個教訓，告訴我：心存僥倖或偷懶的孩子將會失去一切。我知道了，我已經知道了，爸媽一定也知道了。他們愛我，才不會不理我。再過幾天他們就來接我了。

事情就是這麼簡單，我哪裡是孤兒？

小臻在心裡作文章，她什麼也不講；等著爸媽覺得罰夠了，就會來接她回家。沒有人會把這種事掛在嘴上，告訴大家：我不乖，正在接受懲罰。她只要乖乖等著就好。

3. 家在哪裡？

可是，每天早上喊她起床的都是阿姨。

小臻閉上眼睛，再慢慢睜開，希望自己弄錯了，可偏就不。

每一天，阿姨會探頭進來，說：「快起來吃早餐，準備上學了！」

小臻會用手肘撐起上半身，等一下，希望爸媽能跟在後頭也進來，說：「ㄚ頭，你這一覺睡得可真長啊！快起床吧！」

可偏也沒有。她總是掀開被子，懶懶的溜下床，趿著一雙不是她

的拖鞋，懶懶的走到浴室，用不是她的毛巾，不是她的牙刷，不是她的漱口杯，不是她的梳子，清理鏡子裡那個很不像她自己的女孩；最後再用不是她的杓子，舀水澆她的玫瑰。

這裡壓根兒就不是她的家，否則媽媽會在門口喊：「快遲到了，還蘑菇。」

爸爸會敲著玻璃杯，說：「慢吞吞的小烏龜，趕不上爸爸的車，就自己爬到學校去。」

「你是大蝸牛，我要搭大蝸牛的車上學。慢慢的，慢慢的，我們都不用急。」

她會這麼回答，然後和爸爸媽媽一起吃牛奶、三明治，或蒸蛋、餅乾，或稀飯、肉鬆，再一起上班上學。

這天，她又看阿哲坐在餐桌邊打呵欠，「啊……嗯嗯嗯……」兩片嘴脣鬆鬆的張著，兩片眼皮又硬是分不開。

「快點，快點，快遲到了。」阿姨催促他：「每次讓你們老師在聯絡簿上警告你，你不會不好意思，我都覺得丟臉。」

幸虧我們家沒有這樣一個弟弟，要不然我也會覺得丟臉。小臻想。

阿姨回頭給她一杯果汁，問：「你土司喜歡抹奶油還是花生醬？」

小臻心想：我要吃稀飯。嘴裡懶懶的說：「隨便。」

「那好，」阿姨說：「我兩樣都給。」她在土司左半邊塗花生醬，右半邊塗奶油。

不是這樣——**小臻盯著阿姨的動作。**媽媽會在整片土司上同時塗上薄薄的花生醬和奶油。

「吶！快吃。不夠的話我再幫你塗一份。」

「夠了。」

小臻懶懶的說著、懶懶的吃著，把眼光放在阿姨背後的一幅水果油畫上，心裡想著家裡客廳牆上那幅小女孩盪鞦韆的水彩畫。

這裡不是我的家！唉！爸爸媽媽你們什麼時候才來帶我？我好想躺在我們家的沙發上看漫畫喔。

4. 誰是我同學？

「再拖拖拉拉，等你爸回來，看他怎麼修理你。廖—般—哲啊！你書包背好。帽子……帽子戴好，歪了啦……看你……噯……鞋帶鬆了。快啦！小臻都要出門了……」

小臻沒等阿姨打理好表弟，就去和她的玫瑰說再見，出門了。

沒用的，姨丈一個星期才回來一、兩次，阿哲哪怕呀！他不過是個野孩子吧！一個傻裡呱嘰的野孩子。小臻想，我才懶得理他。

阿哲乒乒乒乒追了過來，一邊嚷嚷：「小臻！等等我。」阿姨叮嚀他們要一起走，在路上得互相照顧，小臻知道倘若媽媽在這裡，一定也會這樣說；可是她就是煩。誰要跟這種混表弟一起？幾個月前他不是每天都自己上下學的嗎？

「嘿，你的同學耶！李——為——舜。」阿哲邊叫邊衝過馬路。

*我哪有個同學叫李為舜？*小臻心裡想著，匆匆朝他跑去的方向一瞥；原來是一個大女生帶個小男生。顯然那個李為舜是他自己的同學。

「噢！我要告訴你媽媽，說你又在馬路上跑來跑去。」那個小男生食指像節拍器，對著阿哲直晃。阿哲只當沒聽到，兩個人很快掏出口袋裡的棒球明星卡，頭挨著頭，比較誰收集得多。那個大女生側著頭，朝她咧嘴笑；可小臻的眼光像風，打馬路那頭轉個彎，咻的飄到自己的鞋尖，定住了，再也不移開，就這樣低著頭走到學校。

小臻不確定有沒見過這個大女生，不過，她在基隆才沒同學，鄭加霖、洪炳輝、劉彥明、許家儒、阿秋、大叢、扁頭、阿碰……全在南投，一個也沒來，哪來的同學！

她和阿哲、和李為舜、和那個女生、和所有的人，都保持平行的往前走，好像這樣就可以永不相交；這樣，她就真的只是暫時的客人；這樣，她就可以一路走進「自己的」教室裡。

可是，不！走著走著，她進了四年三班的教室，坐在右邊靠窗第二個位子。這不是她的地方，她應該是四年二班十五號，坐在第三排的左邊，她的右邊是那個小個子張中勤，大家都叫他阿碰，因為他會用兩個手心擠出噗噗噗的放屁聲。這裡沒有阿碰，也沒有噗噗的放屁聲。

在這個人生地不熟的地方，手腳怎麼擺都不對勁，書包呢！也不知該怎麼擺才好。她一會兒把它放膝蓋，一會兒把它放椅背，最後決定照老習慣把它收進抽屜裡；雖然抽屜裡面有個字典大小的紙盒，她也不管，就這麼歪歪的把紙盒擠到一邊，再把兩個手肘支在桌子上，眼光定定的瞅著黑板旁邊書櫃上一排斜靠著的課外書：《兒童週刊》、《國語日報》、《愛的教育》、《小移民的天空》、《拉拉與我》還有……

「林臻早。」一個女孩坐到她身邊——不是阿碰。

她輕輕牽一下嘴角表示回答。

「你有這個嗎？」女孩拿出一本小小的、印著一簇花的淺藍色筆記簿。

小臻搖搖頭。

「送給你。」

小臻搖搖頭。

「沒關係，我有兩本。」女孩把簿子放到她的桌子上。

小臻依舊沒說話，只讓眼光擱到封面那叢花。噯！我不要這東西，我要阿碰的圖畫，她想，阿碰會畫比這個更有趣的花。真的！

她再牽牽嘴角，禮貌的把筆記簿收進抽屜，和那個紙盒擠在一起。

5. 失落的時間

不是她不想交新朋友，而是她壓根兒就是個外人。瞧！這些數學她沒學過，國語課本也不一樣，社會、自然也全不對啊。誰曉得在她還沒來之前，他們已經學了多少她沒學過的東西了，叫她從哪裡進入狀況呢？就算老師單獨幫她補兩個月，她也不見得就追得上，更何況是讓黃映橙——就是旁邊的那個女孩——來教。

她想，我只知道氣溫的測量，哪知道什麼「聲音」，什麼「植物的

蒸散作用」？我只上到〈中秋賞月〉，怎麼一下子就跑到〈有價值的想法〉來了？如果阿碰在這裡……他會說：搞不好連黃映橙自己都不懂，怎麼能教人呢？誰跟她學啊！

「林臻，你聽懂了嗎？」老師——是陳老師，不是蕭老師——指著黑板問：「下個星期一交一篇作文〈我的願望〉，你可以好好想想，你的願望是什麼？要怎麼做才可能實現你的願望？懂嗎？」

小臻咬著嘴唇，點點頭。我懂！我懂！我希望我的爸爸媽媽快點來接我，我希望和阿碰去寫生，我希望回自己的家，我希望那個星期天我沒有到顏阿姨家，我希望遺漏的時間可以找回來……她在心裡嘀咕著，這樣的作文太好寫了，只是她不知道怎麼實現。

這件事一定有哪裡不對勁，不可能只是她一個念頭轉錯了，爸爸媽媽就躲著她不出來。可是她真的從星期日那晚整理了書包和顏阿姨走了之後，整個世界就變了。她最最希望有一個什麼時光迴轉器的，可以讓她探個頭，看看九月下旬那幾個亂七八糟的日子裡到底發生了什麼事。

是了！是阿碰和她約了，說星期三下午要一起去畫圖，所以她要媽媽幫她買一盒水彩，可是媽媽說她原來那盒還沒用完，不能買。說起來沒錯，可總有些不甘心，因為黃色和藍色快用完啦，紅色又只剩半管，咖啡色的

蓋子也掉了，前邊那段乾得硬邦邦，顏料擠都擠不出來，怎麼用嘛；更何況只有十二色，在家裡畫畫還勉強應付，要帶出去總覺得太寒酸。反正遲早是要再買的嘛，晚一個月和早一個月有什麼差別呢？她硬是吵著要一盒二十四色的水彩。

媽媽堅持說不。

爸爸說：「那你去幫忙澆花，就算是自己賺零用錢買的。可以吧！」

「可以啊！」小臻說：「等我寫完功課，我就去澆。晚上你們得帶我去買水彩。」

就這樣達成協議。

明明只剩兩行生字，偏偏就慢慢磨，這兒摸摸，那兒動動，把整個書包倒出來，再一樣樣收好。

媽媽說：「你寫好了嗎？」她說：「快了，再等等。」一會兒，爸爸又問：「好了嗎？」她說：「好了！快好了！馬上就好了。」

其實啊，老早就好了。可是那樣一個花圃澆起來多累啊，她心裡真想耍賴的。說不定捱到晚餐時，爸爸就說，再磨下去，天都黑了，今天我先澆，明天再換你。

媽媽不容易商量，可爸爸挺容易上當的。今晚先買水彩，明天的事就明天再說囉！

可是，沒有明天了。

那晚顏阿姨帶著臭皮來，兩個孩子玩了一陣，臭皮硬是要小臻陪他回家。顏阿姨說：「小臻，書包收拾好，到我家住幾天吧！反正我送臭皮上幼稚園時，也順路送你上學，一點不麻煩。」

顏阿姨是媽媽的好朋友，住在鄰近村子，她和臭皮常在兩家間輪流當客人。

好啊！我到顏阿姨家度假，爸媽在家休假。星期三中午我回來，你們就要給我一盒新水彩喔！至於澆花……我總會找時間補的。小臻這樣叮嚀爸媽。

她哪裡會料到，這一走，他們就不見了。

6. 找尋

他們在哪裡？哪裡都找不到了。有一個星期日，阿姨問她：「要不要去看外公外婆？」小臻點點頭。

要！要！要！說不定爸爸媽媽就躲在那兒。

爺爺、奶奶和大伯住美國，姑姑住高雄，平時都不常碰面；倒是外公外婆家他們一、兩個月總會去一次。沿路爸爸負責開車，媽媽負責說話，小臻負責插嘴。話題不外是誰誰誰家房子整修花了多少錢，

誰誰誰又全家出國度假去，誰誰誰今天又和客戶吵架，誰誰誰又交了女朋友……小臻聽煩了，就自己看書或睡覺，再不然就吃零食，再再不然就大聲唱歌，或纏著爸媽，告訴他們這個同學那個老師的事。

爸爸媽媽幾乎認識小臻所有的同學和老師，因為從南投到台北的路程，足夠讓她巨細靡遺說個夠。

不講話、不吃東西、不睡覺、不看窗外時，她就趴在前座椅背上，研究爸爸媽媽的後腦勺。

媽媽的頭髮捲捲、短短的，一根白髮都沒有。爸爸的頭髮硬硬、短短的，黑裡摻了一點灰。小臻喜歡看陽光照在他頭上的樣子，好像頂著一把會發光的棕刷。

可是這次不一樣，搭乘國光號，她和阿姨坐一起，阿哲和姨丈坐前座，從座椅間看去，阿哲睡得嘴巴都開了，一顆頭歪在姨丈肩膀

上，陽光照了他半邊臉，耳朵邊緣的絨毛像剛摘下來的嫩胡瓜。是胡瓜，不是棕刷。

小臻沒睡，只想著爸爸的棕刷。望著窗外的基隆河，河水淺淺的、慢慢的流，一會兒從右邊消失，拐個彎，又從左邊冒出來，七彎八拐，到

後來不知流到哪個方向了。我們家附近也有一條河，她想，比這裡寬，比這裡急。

阿哲按了鈴，舅舅出來開門，後面是外婆，再後面是外公，再後面……就沒了。爸爸和媽媽呢？小臻想，他們還藏著嗎？

阿哲像隻無尾熊攀到舅舅身上，一個一個喊過：「阿公，阿嬤，舅舅好。」

外婆伸手去牽小臻的手，「進來，快進來。」一邊帶她坐到沙發上。

「在新學校還習慣吧？」

小臻沒說話。

「習慣啦。」是阿哲說的：「我們都一起上學。」

外婆用手圍著她，她全身硬硬的撐著，問她問題也只搖頭、點頭。阿哲嘰哩呱啦的一下要舅舅把他扛上肩膀，一下要舅舅讓他吊單槓。每個人都誇張的笑著，不很自然的笑著。

外公端了一盤切片柳丁出來。「小臻吃。」

小臻搖頭。

「我吃。」阿哲跳過來搶著。

「哎喲，真是沒禮貌。」阿姨說：「那副饞相。」

「胃口好，」外婆說：「就讓他吃。」

「不行，太胖啦。」是姨丈說的。

阿姨有外婆，姨丈有外公，阿哲有舅舅，爸爸媽媽哪去了呢？

小臻沒抬頭，靜靜站起來，往廚房走。或許媽媽還在那兒切水果，或許爸爸還在修洗衣機，或許……他們還在裡頭做一些什麼事。

廚房、房間、浴室，她一間一間找，連陽台都不錯失，卻哪兒也找不到。繞了一圈，再坐回外婆身邊。外婆把她攬進懷裡，身子輕輕顫動，熱熱的臉頰貼在她頭髮上，溼溼的。她抬眼看到阿姨眼眶也紅了。不許哭！沒事不許哭！

阿姨吸了一口氣，清一下喉嚨，做出假假的笑，叫阿哲：「去，你帶小臻去玩。」

氣氛轉得太快了，阿哲像開關突然被切掉，「嗄」了一聲；還好很快又接通。他熱絡的牽著小臻的手，俯身用每個人都聽得到的耳語說：「我們再去躲起來。」

好！躲起來好！找不到你們，就讓你們來找我。她馴服的跟著阿哲走，感覺背後所有的人都鬆了一口氣。

以往他們老把拖鞋藏進床鋪底下，兩個人窩在外婆的衣櫥裡，嘰嘰喳喳說個不停，等著人家來揪他們。這回小臻把拖鞋整齊的擺在衣櫥外，好讓爸爸媽媽很快就找到。

一樣的樟腦味，一樣毛毛刺刺的衣料，一樣的黑，只是外頭很安靜，每個人好像都壓低了聲音講話。她等著，等著。再一下下，再一下下，那個期盼的聲音一定會出現。媽媽會在廚房和外婆、阿姨說這個說那個，爸爸會和舅舅、外公在客廳大聲說笑，把屋子吵成菜市場。

阿哲的腳尖碰到她的腳尖，很快又縮回去。這阿哲又怎麼了？要是以前，他們早踢來踢去，鬧成一團了。

「小臻……」

她沒作聲。

「小臻……」

她沒作聲。

「我們換個地方好不好？」

不好！等一下爸爸會躡手躡腳走過來，假裝他到了一個從來沒去過的地方，然後輕輕的打開衣櫥，說：「天哪，兩隻大老鼠。好可怕喔！」

明明玩過幾百次的遊戲，他們還是會笑得很誇張，每次都像第一次。小臻會緊緊掛到爸爸身上，阿哲會攀在爸爸肩膀，就這樣回到客廳。

再等一下下……

「我要出去了！」阿哲說著，想站起來，小臻按著他膝蓋，讓他別動。

聽！不是嗎？就來了。是有腳步聲悄悄的靠近。衣櫥的門輕輕開了，這人烏漆抹黑，卻鑲了一圈光。小臻咧了嘴，抬頭看。是舅舅，不是爸爸！

「我找到了！」

是舅舅！

「不算，你看到小臻的拖鞋。不算。」阿哲一骨碌跨向前，舅舅把他甩到肩膀上，一手牽了小臻，說：「等一下我們到餐館吃飯去。」

是舅舅！不是爸爸！

「好耶！」阿哲在舅舅肩上叫：「我最喜歡到餐館。」

小臻靜靜的跟著舅舅走出去。

是舅舅！

外婆家沒有爸爸媽媽，她到姑姑家找過，也沒有，他們躲哪兒去了？不會消失的呀！他們怎麼可以躲那樣久？

7. 阿碰

這分明是懲罰！罰她不安好心，罰她欺瞞，罰她耍賴，可這處分也未免太嚴厲了！讓她找不到爸爸媽媽。

就像有人在你面前放一堆禮物，給你好吃好穿和好家庭，卻因為你一個噴嚏或一個踉蹌，忽的一下，眼前的東西全空了。從此之後，便有一朵黑色的雲跟在你頭頂，教別人見了就知道：這女生什麼也沒了。

小臻是死硬脾氣的，要她什麼都沒她才不服，至少她還有一株玫瑰。只要把花給照顧好，爸媽就沒有理由再躲著。她早澆水、晚澆水，偏把花兒越澆越爛，越澆越不像個樣。

「叫你種到花圃裡，你不肯，看它會被你養死的啦！」阿哲老這麼告訴她，她才不理。什麼死不死的？我的玫瑰種在你們的花圃裡才會死咧！沒錯，它只是不習慣這裡，它只是想念南投的空氣，它只是想見它的男主人和女主人，它只是……唉！替它的小主人難過。

晚上十點四十三分，月亮昏濛濛的，有一半躲在陰影裡，另一半被來來去去的雲掃得坑坑巴巴的。細枝上的玫瑰花苞有一半已經脫落了，剩張薄皮兒掛著。小臻跪在椅子上，打開紗窗，拿著膠帶硬想把鞦韆也似、搖來晃去的花苞纏緊。

只要不掉下來，過兩天就會開花。她這樣想，也這樣相信。

「噗！」

有個熟悉的聲音在她耳邊響起。阿碰！是阿碰的擠手掌聲。小臻四下張望……天哪！真的！如假包換的阿碰就坐在陽台欄杆上。四樓耶！他不怕摔下去嗎！小臻的嘴巴驚訝成一個圈。再一眨眼，沒了！剛剛那個影像像一滴墨水掉在黑黑的絨布上，霎時被吸得精光，哪看得到蹤跡？阿碰在哪裡？

一定是睏了，要不就是眼花了，再不就是……心裡掛念著南投，南投的家，南投的家人，南投的朋友，才會產生幻覺。可是，為什麼不是爸爸或媽媽？為什麼是阿碰？雖然她也想念阿碰，但還是更想爸爸媽媽啊！

她坐在椅子上發了一會兒呆，再探出頭去，找了找，確定沒人，才上床去。

如果日有所思，夜有所夢，她真希望爸爸媽媽能跑到她夢裡來。

隔天起床，她頭昏昏的。昨夜沒有爸爸，沒有媽媽，也沒有阿碰。

「上學囉。時間有點晚了，睡得很熟是不是？」阿姨進房間來。

小臻不知該怎麼回答，點頭比較簡單。

「喏！」阿姨晃了晃手上一只小布包，「給你裝雞蛋，這樣才不會打破。」

藍底小白花的布包大約咖啡杯那樣大，有條細細的提帶。小臻接過來，小聲說謝謝。的確有這布包，要照顧一顆生雞蛋就容易多了。

前天，陳老師為了讓他們體會媽媽呵護寶寶的辛苦，給每個同學一顆生雞蛋，要他們上下學都帶著。她說：「媽媽把你們放在肚子裡，讓你們一天天長大，十個月後，才把你們生下來，那時候你們大概有三、四千公克。生下你們後，光是餵奶、洗澡、換尿布，擔心你們跌倒，擔心你們生病，就夠辛苦了，更別說教養。現在，你們只要帶一個生雞蛋一個禮拜就好了。不用替它洗澡，不用餵它吃飯，也不用教它走路、說話、寫字，而且還可以用紙袋或提袋裝著。十天後，我們再來交換心得，也順便看看有多少人可以順利的完成這項任務。」

陳老師讓他們在雞蛋上寫姓名和日期，用小塑膠袋裝起來，束上橡皮筋。結果第二天就有人把蛋打破了：一個不小心撞到教室的門，蛋殼裂成幾道細縫；一個說是被他弟弟玩破的。這兩天，小臻隨時捧著它，活脫就像真要把它孵出一隻小雞來。她才不會隨便把蛋塞進抽屜裡，或用硬紙盒裝起來裝進書包裡，那樣叫敷衍、叫應付，不叫照顧。照顧一盆玫瑰或一院子的花也許比較麻煩，不過一顆蛋對她來講

一點不難，她要向爸媽證明她是個聽話的好孩子，她會好好做她該做的功課，絕不偷懶。

上課時，她的鉛筆盒裡放著尺、筆和橡皮擦，鉛筆盒蓋裡則安放著那個蛋，除了有花布袋子護著外，邊兒上還疊了兩包面紙，穩穩、牢牢又軟軟的，一點也不用擔心會弄破它。驚險當然是難免的，有的同學像她這樣放著，照樣被撞掉了。

這會兒，前面那個男生做完數學習題，仰著頭，誇張的伸個大懶腰，兩個手肘咚的靠到她的桌上來，不就差點兒撞到她的鉛筆盒蓋？幸虧她眼明手快的推了那男生的背一把才化險為夷。那男生莫名其妙的回過頭來，卻因為動作太猛，一隻手反把自己桌上的蛋給掃到地上。

那男生睜大眼叫著：「幹麼啦，你害我把蛋打破了。」

老師不帶情緒的說：「不要怪別人，是你自己不小心。本來你就是要防各種意外的。快拿去……嗯，打開來，倒進花圃裡，當泥土的營養好了。」

男生輕聲嘀咕幾句，撿起地上的小塑膠袋，走到教室外。老師趁這機會又說了幾句當媽媽的辛苦，懷胎十月平安生產多麼不容易等

等。小臻一直低著頭不理會那男生。是他自己粗心大意，干我什麼事？她也不理會老師。這種損失才不叫意外。意外是不能學習、不能防，而且會讓人牢牢記住；就像一件事沒做好，爸爸媽媽就憑空消失一樣。

「沒事啦！繼續上課。」老師最後這麼說。

小臻抬起頭，眼睛轉到窗外，只一剎那，她又看見阿碰坐在榕樹上，兩腳懸空晃呀晃。他擠出一個手掌聲，「噗！」清清楚楚的竄進小臻耳朵裡，那樣厚、那樣實，不擔心吵到人家上課麼？小臻驚慌的看看老師，看看同學。沒有，沒有一個人聽到的樣子。她又轉過頭去……阿碰不見了。不知是藏到樹葉掩映的地方，或溜下樹了。她心不在焉的低頭做習題，不時抬頭尋找阿碰的蹤跡。

下課時，她拎著她的雞蛋，用從來沒有過的快步走到榕樹下的鐵欄杆前，偏著頭，朝樹叢裡找了找……哪裡有阿碰呢！

她倚著欄杆，眼睛漫無目的的看著操場上一堆同學在玩耍。

髮梢動了一下……又動一下……在這

兒沒人敢跟她玩這種遊戲的。她頭也不回，眼睛盯著遠遠的一朵雲，心思卻放在頭頂上……是誰惡作劇？

動一下……又動一下……小臻猛的回過頭去。後面沒人，頭頂上卻有條細細的東西隨風輕輕拂動著。

還以為是什麼呢！不過是榕樹的氣根。她有點失望的眨眨眼。可是，不對耶，榕樹不會笑，她卻分明聽到幾聲調皮的噗哧噗哧。

她頭後仰，看到一雙細細的腿很快的縮進樹葉間。

哈！嚇唬我！想都別想。那細腿，那髒髒的藍白球鞋和膝蓋上的疤，再熟悉不過了，就是阿碰。

她將小布包套在手腕上，踩著欄杆的S型彎邊，一步、兩步、三步，小心的翻了過去。然後攀著粗粗的、嶙峋的樹幹往上爬。

「我知道你在這裡。」她小聲呢喃。

低低的笑聲和「噗噗」的手掌相擠聲從樹葉間的這兒、那兒傳來。

「停，不要再跑來跑去了。」小臻半請求半命令。

她頭一抬，阿碰不正坐在枒杈處對著她傻笑！小臻朝他翻了一下白眼，嘴角忍不住往上提了提。她坐到他旁邊，舒了口氣，眼睛也笑了。

「你怎麼在這兒？」小臻問。

「跟你一樣啊！」

「騙人。」小臻說：「那你為什麼不進去上課？」

「你知道我本來就不是很愛讀書啊。」

小臻是知道，不過這樣在教室外面晃蕩，也未免太自由了。

「那你來學校做什麼？」小臻又問。

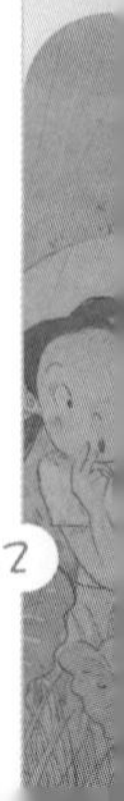

「來等你啊。我們不是說好要一起去寫生的！」阿碰說。

「我不去了，我沒有水彩。」

「少來了，」阿碰說：「可以用蠟筆或鉛筆或彩色筆，隨便什麼都能畫啊！」

「我只要水彩。」

「那就跟你阿姨要啊。」阿碰說。

「我不敢。」

小臻的意思是：阿姨又不是媽，我才不要。可是她不想再繼續這個話題，於是偏著頭，翹翹下巴說：「那是我表弟，廖殷哲。」

阿碰低著頭，從樹葉間搜尋出去。阿哲正在遠處圍牆邊和他的同學追來追去，手上抓著一堆紙卡，嘴巴張得像蝙蝠俠身上那個圖案，還缺了一顆牙沒補滿。知道他笑得很開心，可太遠、太吵了，聽不到他的笑聲。

「我知道他，滿可愛的。」

「鬼喔，才討厭呢。」

「不會啊！」阿碰興味盎然的看著。阿哲側著頭和一個女生說話，那神情實在是滿可愛的，可小臻偏不喜歡。

「傻裡呱嘰的，又愛管閒事，愛告狀。小雞婆一個。」

一個躲避球不偏不倚「咻」的打到他屁股。

「活該！」小臻小聲說。

阿哲轉過頭本想罵人，身旁那小女孩誇張的笑彎腰，害他不好意思的即刻換了另一號表情，追著滾遠的球，彎腰撿了起來，用笨拙的姿勢丟回去。

「帥啊！」阿碰翹了翹下巴，讚賞的說：「我還是覺得他很可愛。你怎麼不去和他……」他又用下巴掃了一下，「和他們玩呢？」

「我才懶得理他……」小臻也學他抬抬下巴，「懶得理他們咧。」

「嗳！可是我好想玩哪！」阿碰三兩下跳下樹來，跨過欄杆，跑進操場裡……

不要去！不准去！小臻心裡喊著，嘴裡卻喃喃的說：「等我……」

等等我……」

「那就來啊！」阿碰又耍出他的標準猴樣，蹦蹦跳跳。

小臻啊，既希望大家認識阿碰，又怕阿碰和大家玩在一起之後就沒時間陪她了。阿碰是她唯一的同學，唯一來自家鄉的同學，她才不要別人搶走。進退兩難間只好跟著阿碰四處轉。

可是，小臻多慮了。上課鈴響過，大夥兒從教室裡看出來，只見小臻一個人手上拎著小布包，在操場跑來跑去，從沙坑，遊樂區，花圃……直到黃映橙來喊她……

「林臻，上課了。」

8. 玩伴

從此，每當敲過上課鈴，大夥兒進教室後，小臻總會在操場多待一小陣子。老師當她在適應她的新環境，同學當她害羞，沒有人知道她有個玩伴在幫她修補受傷的心。縱使兩、三分鐘，她還是可以和阿碰開心的一起跳繩、拉單槓、跳沙坑或追跑……每一次都是在捉迷藏中結束，只要阿碰躲起來，就別想找得到他。小臻不能，沒有一個人能！

最好的時光當然是在樹上。陽光、微風和沙拉沙拉的樹葉摩挲聲。每一個葉隙間都看得到一則故事。有人飆鞦韆、有人坐在攀爬架上聊天、有人追逐、有人閒閒的散步、有人專伺機破壞人家的遊戲，有人哇啦哇啦亂叫……聲音遠遠的，影像遠遠的，像齣你愛怎麼看，就怎麼看的電影；反正劇情怎麼發展都與你無關。

阿碰說：「那個……就那個紮馬尾的女孩，是你的同學。她很照顧她弟弟。」

李為萍張著手臂，像隻母雞跑跑跳跳擋著黃映橙，李為舜躲在他姊姊背後，緊抓著他姊姊的裙子，東躲西閃的當小雞；阿哲像衛星一樣，繞著他們團團轉。他們的外圍又有一個瘦高的大男生，飛彈似的不時闖進來，一下撞這個、一下撞那個；八成是哪兒也容不下的搗蛋鬼，才會四處胡鬧。幾個女生被他扯了頭髮哇哇叫，幾個男生被他推得東倒西歪，大夥兒卻只是自認倒楣的頓腳大罵，沒人真去整治他。

「無聊，我們以前都玩過了。」小臻說。那時洪炳輝也老愛追人家，鄭加霖和劉彥明會像大姊大一樣手扠著腰，大聲吆喝：「燒—餅—輝，子—彈—灰，撞到牆壁哀哀哀。」許家儒、阿秋、大叢、扁頭全會哄堂大笑，不是嗎？而阿碰總愛畫些好笑的漫畫，或寫些好笑的字偷偷貼在人家背後，不是嗎？

「以前玩過，現在也能玩啊。去嘛，我們去找他們。」

「我才不要。說不定爸媽就來接我，如果玩得太開心，他們會說：

既然在這兒過得好，就留這兒了。」她一手撫著蛋，認真的說。

「別傻了，他們不會來了。」阿碰一溜，下了一階樹枝，又一階。

「別在這兒等了，我們去玩。」

這回小臻哭了，直追著叫：「你騙人！你騙人！他們會來。」

你都能來，為什麼他們不能來？他們和你一樣，只是躲起來而已。她這樣告訴自己。

阿碰沒停下來，一路蹦到阿哲後面，推著阿哲跑，跑得真快啊，快得大老鷹、母雞和小雞只好跟著東轉西轉，咯咯咯的大聲笑。鈴響了，上課了，阿碰拽著阿哲衣襬，一顛一跳回教室。

這回小臻沒跟著去，她楞楞的看著他們背影，彷彿丟了一樣她熟悉的東西，也彷彿多了一樣她不熟悉的東西。一會兒，她轉身，進自己教室。

這天晚上用餐時，小臻直盯著阿哲看。阿哲邊吃邊講話，提到他們班誰誰誰被老師打手心；提到他們怎麼和老師為功課的事討價還價；提到李為舜的課本被誰誰誰不小心撕破了，他那凶巴巴的姊姊去找那個誰誰誰算帳；提到他下課時不小心摔一跤，膝蓋好痛……提東提西，說得滿嘴的飯粒胡亂噴，就是沒提到阿碰。

「哎呀，看你，多不衛生呀！」阿姨搖頭直嘖嘖叫。「你也先把嘴裡的東西吞下去再說話。」

「好嘛！」阿哲嚥了兩口，又哇啦哇啦說：「都是那個張毓菁啦，大胖子又愛擠人，她喔……」

「看看看，飯粒又掉了啦！真是的。」阿姨撿起他胸口的一粒飯，放到餐紙上，一邊說：「快吃，吃飽再講。」顯然並沒在聽阿哲說話。

「我看到你下課時在玩老鷹抓小雞。」小臻第一次主動開口。

「哦！」阿姨笑了。

「對嘛！好好玩喔！那個李為舜一直抓著他姊姊嘛，結果……那個黃映橙好厲害，她騙他，故意躲一下再抓，那……」

阿碰就出現了！

「那個李為舜說，差一點把她姊姊的裙子……那個喔，那個喔拉掉，好好笑，他姊姊就罵他。」

阿碰就出現啦！小臻等著。

「我就跑好快，好快，咻嗚……咻嗚……好像螺旋槳一直轉，他們就跟著我一直轉，李為舜被我抓到了，我們全滾到地上。」

「我看到，你跑很快。」小臻的意思是，我看到有人幫你。

「對啊！我好厲害。」阿哲神氣巴拉，大言不慚。

「你啊，每次都玩瘋了。」阿姨親暱的拉拉他耳朵。「跌倒再來哭，對不對，丟臉啊！」

「可是真的很好玩啊！」

「只知道玩，快快快吃啦！真煩哪！」

他又興高采烈的扯到另一個話題，這個那個的說，就是沒有提到阿碰。

小臻只閉著嘴看他。

「你怎麼不去和他們玩？」阿姨轉頭問她。

小臻垂下眼光，搖頭。

「那就找班上同學啊。」阿姨又問：「你有沒有認識什麼新同學呢？」

小臻又搖頭。

這晚，小臻特別把她的那盆玫瑰抱進房裡。花苞低垂著，整個黑了，葉片也垮垮的垂著。她充滿無力感。

9. 雨裡的貓

阿碰一定不會再來了！他有了新玩伴，不會再來了！

下著雨，小臻打傘跟在阿哲後面。

或許，她想，或許阿碰不耐煩成天只和我待在大樹上……或許阿碰比較想要和男生玩……或許阿碰還會來找阿哲……

她不時瞄著阿哲，阿哲穿雨衣照樣東跑西跳。李為舜和李為萍從前面巷口拐出來，阿哲躡手躡腳跑過去想嚇他們。他自以為像鬼一樣

安靜，其實窸窸窣窣的雨衣摩擦聲，大得連死人都聽得見。他沒來得及伸手去推李為舜的肩膀，已經被李為舜突然轉身，大大一聲「哇！」給嚇一跳。那表情實在很呆，李為舜笑得前俯後仰，小臻也忍不住嘴角彎了彎。

她的笑被李為萍看見了，以為是招呼，便也開心的回她一個大大的笑。

這是誤會，不過也沒什麼關係。她繼續跟在後面走。雨小了，輕忽忽的落在傘上，她低頭數著「噗嗤！噗嗤！」的腳步聲，「一、二、三、四、五、六、七……」不！還有個什麼聲音……什麼聲音呢？小臻停下來，看著十公尺外的阿哲、李為舜和李為萍……他們沒聽到，只顧嘰哩呱啦的講話。小臻又側耳聽，是有個聲音從右邊荒地傳來，噗嗤！噗嗤！她跨過步道，踩著泥巴地，循聲找去……就在一叢野草和牽牛花的藤蔓間，她看到阿碰蹲著，雙手在撫摸草叢裡的什麼東西……哦，是一隻黑呼呼的小貓，沒比巴掌大多少，顛顛顫顫的瞎摸、瞎走。「哇！」小臻小聲叫起來，阿碰抬頭笑著，指指這裡，指指那裡……噢，不只一隻，大大的姑婆芋下還有一隻……兩隻……爛泥邊，三隻。是四隻小貓在喵喵哀叫。牠們怎會在這裡？也沒個窩的樣子。牠們的媽媽呢？怎麼就不見了？或者牠們是被主人丟棄？牠們的媽媽也正在家裡喵喵的找尋牠們嗎？

「哪兒來的？」小臻問。

「不知道。」阿碰說：「你要收留牠們嗎？」

小臻為難的站起來，又蹲下去，伸手，看牠們溼溼軟軟髒兮兮的樣子，不敢摸，又站起來。「哎呀……讓你收留啦！」

「你知道我不能啊。」阿碰說。

小臻是知道阿碰的外婆不准他養小動物，他唯一養過的，也不過是一隻蟋蟀。小臻無助的四處張望，巧著，李為萍就回頭了，她也站住，拉拉阿哲的雨衣。他們三人一起轉過來看她，不約而同全跑了過來。

「哇！噢！啊！是貓咪耶。」阿哲鬼吼鬼叫的，「牠們在幹麼？爬來爬去……眼睛張開了嗎？」

「唉唷！會冷死耶。」李為舜嘖嘖做出怪表情。

「那兒。」小臻指著爛泥邊。

「唉唷！唉唷！牠爬不起來啦。」阿哲跨過去，毫不猶豫就給撈了起來。毫、不、猶、豫！小臻心裡突的一跳。

「好可愛喔。」李為舜也蹲下去抓了一隻，「眼睛張著啦。」他湊到阿哲面前，「你看你看，有眼無珠，不識泰山。」他又對手上的貓

說：「嘿嘿，貓咪你有沒有看到我？」

「亂套成語。神經病。」他姊姊一邊罵他，一邊也彎腰抱了一隻。

「好可憐喔，全身都溼了。」

三個人各抱了一隻！小臻看著剩下的那一隻。

「喵～喵～」牠顫抖著摸到了一株大姑婆芋下面，再過去就要摸進水窪裡了。是該抱牠還是不該呢？打從她有記憶以來，每個可以放在手上的東西，都被收拾得乾乾淨淨，打點得清清爽爽，可從來沒碰過這種樣子的東西。她遲疑的看著阿碰，阿碰沒說話，臉上只寫著：「就看你囉！」顯然沒人發現她在猶豫，阿哲抬抬下巴指著溼地上的貓咪說：「那兒還有一隻。快點。」他是那樣自然的當作小臻本來就會抱牠起來，小臻只好蹲下去，屏住呼吸，撈起那個溼答答、軟趴趴、熱呼呼又有點兒噁心的小東西。她打了個哆嗦。

「走，我們帶去給老師。」阿哲說。

「給哪個老師？」李為舜問。

「林臻發現的，當然是我們老師囉。」李為萍說。

李為萍照顧的蛋老早破了，她右肩膀聳起來夾住傘柄，兩隻手很順當的抓住小貓，可小臻就不行了，她手腕上掛個裝蛋的碎花棉布包，又擔心打破蛋，又擔心摔了貓，又擔心翻了傘，彆彆扭扭什麼也不對勁，果然一個不平衡，傘差點掉了。阿哲趕緊空出一隻手來替她扶住，一邊說：「哎呀，你乾脆把貓咪裝進包包裡好了。貓咪孵蛋，好好玩喔！」

小臻瞪他一眼，撇過頭去，不再看他。

「啊啊！我有辦法了。你看……」阿哲毫無感覺的咕咚一下把小貓給裝進雨衣右邊口袋裡，又伸手捧過小臻手上的貓，也咕咚一下裝進

左邊口袋裡。「這樣就沒問題了。哈哈！」

他雙手護著口袋，大搖大擺的走著。「我好像格列佛喔！我是大巨人喔！」

看他威風十足的樣子，李為萍、李為舜笑了，小臻也忍不住笑了。

「你表弟好可愛。」阿碰說。

10. 手足無措的小主人

「小貓來了，小貓來了，小臻的貓咪來了。」阿哲沿路吆喝。那個經常把人家當保齡球瓶撞來撞去的野孩子——小臻現在知道他就是五年三班的陳興強——衝了過來，粗聲粗氣的叫著：「什麼貓？我看看。」出手就想去扯阿哲鼓鼓的口袋。

阿哲雙手護著袋口，往旁邊閃了兩步，「才不要。」

「什麼癩痢貓嘛！希罕哪！」那男生回頭去找李為舜，又伸出手想

去抓貓。「唉唷，好噁心喔。」

「討厭，你走開啦。走開啦。」為舜轉來轉去，不知道該躲哪裡好。他姊姊一個大步跨上前來，一手把貓攬在懷裡，傘一扔，空出一隻手來，用力推了陳興強一把。「你幹麼欺侮他？滾啦！」

那男生一個踉蹌，差點跌倒，繞到背後扯了李為萍的頭髮一下。

「你凶什麼凶啊！恰查某！」

「你神經病啦！」為萍搶上前，一腳踢了出去，在陳興強的卡其褲上印下一個大大的腳印。也不知有沒有被踢疼，反正他照樣一邊跑還一邊嘻皮笑臉的叫：「李為萍大三八，醜八怪，沒人愛。」

李為萍也大聲回他：「神經病！大瘋子！」然後撿起傘，叫阿哲和為舜：「別理他，我們走。」

小臻的心突突跳著。她從沒和人打過架，不曾被打，也不曾打人；如果這個陳興強要來抓她的小貓，該乖乖由他耍弄？或大聲叫阿碰，叫阿哲？或哭呢？

媽媽說：「記住，不許和人打架，也不許吵架，人家找你麻煩你就報告老師。」可是像這當兒，報告老師哪來得及！

「李為萍很厲害對不對？」是阿碰在旁邊問她。她點點頭。

「如果人家欺負你，或阿哲，你會像李為萍那樣反擊嗎？」

「我又不會打架。」

「嘿嘿，」阿碰說：「你可以試試看啊，說不定你比她更凶悍喔。」

「我才不要！不理他就好了啊，幹麼打架。」

「萬一你不理他，他來惹你呢？」阿碰追著問。

這阿碰，怎麼回事，專挑這麼難回答的問題？小臻看著他們的背影，一步步跟著走，心裡有個大大的問號，不知道當真遇到非常狀

況，自己有沒有處理能力？能不能反擊？是不是一下子就投降了？

「貓咪！一、二、三、四。好可愛啊！哪來的？」老師一進教室就看到黑板下的瓦楞紙箱。

「是林臻的。」同學們不約而同的回答。

只是發現而已，其餘都是別人張羅的，小臻心裡有些慚愧。以前她曾經想要養狗，爸媽說等她長大一點，會替狗狗洗澡、餵食、訓練大小便或遛狗時才能養，於是她改養兩隻文鳥。小鳥小，占不了多大的地方，又不會搗蛋，所以爸媽沒反對。她每天早也逗晚也逗，只差沒把牠們抱進被窩裡一塊兒睡。沒想到清洗鳥籠時，一個不留意，讓牠們給飛了。真不知這樣疼著、愛著，為什麼牠們還是一去不回。

爸爸說：「八成迷路了，咱們再買一對。」

媽媽說：「等你會清鳥籠時再說吧，要不然還不是又給飛了。」

這是二年級時候的事，從此她再不曾養過動物了。她哪裡知道是不是已經做好準備，可以照顧貓狗了？四隻貓耶，怎麼就成我的了？她的不確定感更勝過興奮。

「林臻的！很好啊。」老師的鼓勵多過好奇。「你在哪裡找到的？」

小臻睜大眼睛……那……那叫什麼地方？

「學校旁邊的空地上。」李為萍替她回答。

「哦，沒看到貓媽媽？」老師又問。

「沒有。四隻小貓亂爬亂叫，我們就帶牠們來學校。」

「你和林臻？」

「還有李為舜和廖殷哲。」這回是黃映橙說的。

還有阿碰。這是小臻心裡說的。她看了一下窗外，阿碰不知又到哪兒去了。

「很好。」老師走到紙箱邊看了一下，又走回來，貓咪不斷喵喵叫。「好小啊，林臻，你想怎麼照顧牠們呢？」

小臻眨眨眼，低下頭沒說話。她怎麼知道呢？

「餵鮮奶啦。」一個男生說：「小時候都是喝奶的。」

「誰說的？」另一個男生說：「也可以餵魚糊，把魚刺挑出來就可以了。」

「乾脆買嬰兒貓吃的罐頭嘛。」

一時間教室裡鬧哄哄，主意比貓毛還多，只有小臻沒說話。她不知道，她真的不知道。她抬頭，看看窗外的大樹。雨停了，樹還溼的，樹葉間滴滴答答掛著晶亮的雨珠，阿碰不會在上面；或許去找阿哲了。唉，真想問問他有什麼主意。

阿碰點子多，說不定會知道。那一次班上同學不知道哪裡有桑葉，不就是他先找到的？還有，他還撿過一隻小狗，養了三天，後來他的外婆嫌狗髒，嫌狗麻煩，把狗趕跑了。他追了半天追到了，又不敢帶回家，只好抱到學校去幫狗洗澡。洗髮乳還是小臻家的。

她看著阿碰把一隻黃褐色的小狗洗得像隻嶄新的絨毛玩具，就問他：「你外婆不讓你養，你幹麼還幫牠洗澡？」

阿碰說：「洗乾淨，說不定她就讓我養了。」

他是那種會想盡辦法去爭取的孩子，可，他的外婆也是那種會竭盡所能堅持到底的老人。他抱著小狗——乾淨的小狗——回去，他外婆扠著腰說：「你要帶著牠，就別想進門。」

「可是牠很乾淨。」阿碰解釋。

「再乾淨我也不要。養你一個已經把家弄得亂糟糟了，再多一隻狗來添麻煩。我不要。」

其實他們家才不是阿碰弄亂的，是他外婆的小雜貨鋪堆出來的。這兒一堆泡麵，那兒一堆衛生紙，又是醬油又是醋，餅乾糖果更不用提了，整個屋子塞得滿滿的。小臻就看過阿碰在走廊，用矮凳當椅子、高凳當桌子的寫功課——因為他的床鋪被還沒整理的紙箱占滿了。

「你們家是你外婆弄亂的，又不是你，她為什麼罵你？」小臻問過阿碰。

阿碰說：「她生氣啊，她說都是我媽媽寄來的錢不夠用，她才會那麼辛苦。她說現在大家都喜歡到便利商店買東西，我們那種『柑仔店』生意不好，要不是為了我，她才用不著一邊看店，還一邊做手工藝。」

不管怎樣，反正小狗進不了門就是了。他抱著狗兒在村子裡繞了兩圈，不知該怎麼處置，最後文具店的老闆跟他要狗兒，他很高興小絨毛有了新主人，便高興讓手了。老闆為了謝謝他，要他在店裡挑一樣東西做為回報，他選了一盒水彩——二十四色的喔。

這是沒多久前的事。阿碰一向愛畫圖，平常只能用鉛筆、蠟筆，他媽媽曾經送他一盒彩色筆，沒兩天他家的日曆背面就畫滿了，彩色

筆也很快用光了；接著又恢復鉛筆和蠟筆。有一次小臻的爸爸教他用水彩，從此水彩就成了他可望不可及的最愛。等他好不容易有了自己的水彩，便興沖沖的約小臻星期三要一起去寫生的……繞了一大圈，結果水彩沒了，阿碰沒了，爸媽沒了；貓，還是不知道該怎麼照顧。

「阿碰！」她看到阿碰的臉在閃亮的樹葉間一晃而過。

「什麼？」老師問。

「沒有。」小臻眼睛發亮，頭頻頻搖。「呃，我不知道。」

我知道，我知道，我知道阿碰知道，等我下課去問他。

「我也不知道。」老師聳聳肩，笑一笑。「有誰知道？」

「我們都不知道。」有個同學很聰明的說：「只有貓醫師才知道。」

「對嘛，找獸醫就好了。」

「獸醫！」一個頭髮捲捲的男生說：「我媽說看獸醫很貴耶。」
「我們可以樂捐啊。」那個很聰明的同學又說：「一個人一塊錢，全班加起來也有三十幾塊錢啊。」
「對嘛。」黃映橙說：「一個星期就有好多錢了。」
「這倒是好主意。」老師說：「我有個獸醫朋友，放學後我就去問他，不過……」她面對小臻：「林臻，你是不是先到福利社去買盒鮮奶，看看牠們要不要先墊墊肚子？」

小臻面有難色的摸摸口袋。

黃映橙從口袋裡掏出二十塊錢。「我去買。」

我去！貓咪是我的，我去。小臻沒說話，只渴切看著黃映橙——第一次，她和同學四目交接。黃映橙懂了，她善解人意的把錢遞給小臻。「好，你去。」

「謝謝！我明天還你。」小臻小聲的說，一顆心興奮的怦怦跳。

她跑到榕樹下，仰著頭，阿碰是坐在樹枝上晃著腳呢！

「你看到了嗎？我現在去買鮮奶，你要等我喔，等我下課，我要問你怎麼照顧牠們。等我喔！等我喔！」

教室裡的同學們看到她在樹下繞了一圈，輕快的往福利社跑去。

11. 傷心

貓咪叫啊，不停的叫。給牠們鮮奶也只能暫時安撫一下下，回頭照樣喵喵哭，哭得同學們都分心了，每聽一陣叫，也跟著好玩的起鬨。

「喵喵～」

「哦喔，又來了！」

「喵喵～」

「好吵喔！」有人摀著耳朵說。

「喵喵～」

「哎唷！別叫了！」有人趴在桌上做垂死狀。

小臻急得像熱鍋上的螞蟻。小貓是她的，理當她該出面處理，可她手足無措，不知如何是好。或許牠們需要一把吹風機，或許需要一張軟軟的椅墊，或許需要一個溫柔的懷抱……小臻頻頻轉頭探看外面的大樹。阿碰跑哪去了？跑哪去了？

「我想……」陳老師說：「林臻，我們是不是先把貓咪移到教室外面。」

好啊，說不定阿碰會幫著逗逗牠們。她點點頭，站起來。

黃映橙也跳起來說：「我幫她。」

她們一起抬著紙箱到教室外。

「放門邊好了。」黃映橙說。

「那兒。」小臻逕自往大榕樹走去。

「好吧，放那兒比較不會吵到我們上課。」黃映橙跟著走到樹下，把紙箱放到欄杆旁，又低頭去摸摸小貓。「好可愛啊，你們乖乖等著，下課我們就來。別吵喔。」

小臻抬頭往枝葉間看去，她希望阿碰待會兒會出現——他一定會幫著照顧牠們的。

這一堂課，小臻分心了，不時探頭往外瞧。

下課鈴響了，老師還在交代功課，大夥兒低頭刷刷記在聯絡簿上。左邊那班下課了，右邊那班也下課了，走廊裡踢踢踏踏好多腳步聲。接著又是篤篤篤的跳繩聲，東奔西跑的呼嘯聲，乒乒乓乓的丟球聲，嘻嘻哈哈的笑鬧聲……小臻豎著耳朵，直想穿過一堆噪音去判斷一下小貓還在嗎？

沒有，什麼也聽不見。老師終於下課了，站在教室口，朝榕樹那邊看了兩秒鐘，便向辦公室走去。

一定有人圍在紙箱旁。小臻抓起裝蛋的小布包往外衝。黃映橙、李為萍和一些叫得出名、叫不出名的同學也跟了出來。

果然，紙箱旁一群人活像在水邊覓食的水鳥一樣，一會兒蹲下、一會兒站起來，又蹲下、站起來，指指點點，嘖嘖稱道：「好可愛啊！小貓耶。四隻，哇，真好玩。」

阿哲和李為舜在，那個陳興強也在。早上他沒碰到

貓咪，現在可不想錯過機會，一個勁兒霸在紙箱邊，兩隻手伸進去就要抓。

阿哲推了他一下。「你不要碰牠們。」

他手縮回來，很快又忍不住探進去。「要你管啊！」

「這是林臻的，你不可以碰。」阿哲扯他右手，李為舜拉他左手。其他人看熱鬧。

他火大了，站起來，推了阿哲一把。「小貓身上又沒寫名字，我就是想抓，不行啊。」

阿哲和李為舜同時叉開雙腿，站得穩穩的說：「不行！」

林臻趕到了，阿哲立時氣呼呼的告狀：「他，他要欺負你的貓。」

「什麼她的貓？明明是野貓。」陳興強下巴一抬，「我偏要抓。」

「你不行。」阿哲和李為舜又去拉扯他。

「我就要，我偏要。林臻有什麼了不起的？」他用力一甩，把阿哲推到地上。

阿哲很快爬起來，「你幹麼推我！」

「推你就推你啦！怎樣！」陳興強凶悍的舉起手往阿哲伸去。這麼般哲啊，都還沒他肩頭高哩，讓他發起狠來，不被揍扁才怪。情急下小臻搶過一步，攔在阿哲前面。她實在不太清楚自己要護的是小貓還是阿哲。

陳興強看她跨前一步，照樣握著拳頭裝凶。「我怕你啊！」他說：「不要以為人家讓你，就了不起啦！神氣什麼？以為我不敢打你啊！」

「你才神氣什麼？」黃映橙和李為萍也不甘示弱，「你敢動她，我們就讓你好看。」

「對！去報告老師。」

「誰怕誰啊。」陳興強講得篤定，心裡其實有點慌，畢竟人家人多勢眾，真動手他是不敢，不動手，面子又掛不住，於是隨意撂下一句話，「沒有爸爸媽媽就了不起啊！幹麼誰都讓她！」

小臻腦袋頓時轟然一響。什麼沒有爸媽，你閉嘴！閉嘴！你才不配說我爸爸媽媽。誰說我沒有爸媽？我爸來了鐵定不饒你！他會揍你，揍得你滿地爬。小臻哇的哭出來，伸手往陳興強身上捶去。這個舉動大出陳興強意料之外，他又是擋，又是退，嘴裡罵著：「你幹麼？神經病！瘋子！幹麼啦！」

黃映橙和李為萍，阿哲和李為舜一起壓過來，「你罵她做什麼？」幾個人拉他、扯他、拽著他，讓他想逃也逃不開。小臻毫不掩飾的在這個陌生的地方、這些陌生的人面前號啕大哭，手上的小布包死命的往陳興強身上甩。她忘了，完全忘了布包裡有個蛋。

蛋汁沒有流出來，但大家都知道，蛋破了；呵護得無微不至的蛋，破了。在這當下，小臻根本忘了要用照顧蛋來向爸媽證明什麼，只覺得心上的瘡疤被這個臭男生給揭開了，傷口又滲出血來。

有人領著陳老師來了。大家鬆手，七嘴八舌的告狀。這個說，男生欺負女生；那個說，男生欺負小動物；也有人說，高年級欺負低年級……陳興強直辯：「是林臻先動手的，不是我。」

12. 是阿碰錯了！

小臻斷斷續續還有些抽搭，但不哭了。全校的同學大概都在午休，只剩她和陳興強還在辦公室。她眼光怔怔停在大榕樹上。老師說，要等她接受道歉陳興強才可以回教室。可是老師錯了，小臻才不會接受。他就乖乖站著吧。

陳老師走進辦公室，拉開對面的椅子坐下，說：「林臻你不餓啊？」

小臻搖搖頭，眼光挪回來，停在地板上。

「你呢？陳興強，餓嗎？」陳老師歪著頭看著。

陳興強點點頭。

「看吧！誰叫你老愛欺負同學，這回可吃到苦頭了。還不快跟林臻說對不起。」

「我有啊。」陳興強噘了噘嘴，「是她不……」

話沒說完，肚子便咕嚕嚕響起來。小臻眼睛稍稍一抬，看到阿碰彎腰側耳貼在他肚皮上學青蛙叫，一邊還向小臻眨眼。

小臻睜大眼睛，嚥了一下口水。「咕嚕——咕嚕——」阿碰又叫了。

小臻忍不住嘴角一牽。噯！這個阿碰，就是會搗蛋，這回老師總發現了吧。她看向老師，嘴角還隱約彎著。

陳老師趁勢說：「好啦，林臻願意原諒你了。快跟她說謝謝，以後不許再欺負同學了。」

我沒說要原諒他啊！這是怎麼了？小臻一個回神，才想到老師只看到她的笑，沒看到阿碰學青蛙叫。

陳興強勉強把謝謝兩個字放在嘴裡嘟囔一下，再向陳老師鞠個躬，走出辦公室。

「好了。」陳老師說：「你也給他一些教訓了。快回教室吃飯吧。」

為了不想再牽動嘴角，小臻站起來，鞠躬，出門去。阿碰單腳交替跳著，在小臻身邊轉來轉去。

「你今天早上表現不錯喔！」

「什麼表現？」小臻問。

「為了保護你表弟啊，你不是單挑陳興強嗎？」

「才不是呢……」小臻的話含在嘴裡。不是為了阿哲，不是為了貓咪，是為了爸爸和媽媽。那個陳興強怎麼可以說我爸爸和媽媽！「我是討厭他亂講話。」

「他沒說什麼啊！」阿碰三兩步跑到紙箱子旁，蹲下來看貓咪。幾隻小貓叫累了，吃飽了，一隻疊一隻全睡了。「他一定覺得自己很倒楣。被你們整得好慘喔。」

「他活該。」小臻也跟著蹲下來。

「是有點活該，不過你們也太凶了。」

小臻不敢置信的歪著頭看他。不對！阿碰怎麼也搞錯了。明明是陳興強欺負我啊，怎麼聽起來反倒像我們欺負他了。

「我是說，他也許很沒禮貌，也許很蠻橫，不過，他也只是想逗貓咪玩而已。」阿碰說：「就跟你們一樣啊。」

「那他幹麼說我爸爸媽媽？」小臻頂他。

「那只是他慣用的說法，沒別的意思。」阿碰停了一下，「何況，他也沒說錯。」

錯！阿碰！連你都錯。**小臻睜著眼，張著嘴。**全錯了！我有爸爸媽媽，只是他們還躲著而已。那個陳興強怎麼可以說我沒有爸爸媽媽？他不可以用這麼殘忍的方式來開我玩笑。**小臻想起告別式上兩幀大大的照片，笑得那樣開心。**他們在笑耶，衝著我笑；當然我也不能哭。大伯哭了，特地從美國回來哭；姑姑哭了，特地從高雄上來哭；阿姨哭了，特地從基隆下來哭。可是我不能哭，因為我不會上當。爸爸媽媽不會不要我，他們只是嚇唬我而已。哪有主角不登場的戲。

「你知道他沒錯。對吧！」阿碰站起來，歪著頭看她。「你也知道大家都對你很好。」

小臻臉白了，全身的血霎時凝固。

「大家對你比對他好多了。」阿碰又說。

他怎麼和我比？他的爸爸媽媽又沒有消失，怎麼跟我比？他又沒被他的爸爸媽媽懲罰，怎麼跟我比？小臻眼睛瞪得大大的，一句話也說不出來。

一隻貓咪打個哆嗦，導電似的其他隻也跟著盪了一下。小臻眼角看到了，卻一點感覺也沒。貓咪干我什麼事？破掉的蛋干我什麼事？人家對陳興強好不好干我什麼事？現在，阿碰，張中勤，又干我什麼事？所有所有沒法子幫我找回爸爸媽媽、又愛說風涼話的人，全不干我的事。

她恨恨的撇過頭去，丟下阿碰和貓咪，砰砰砰的跑回教室。

13. 月下精靈

那晚，阿哲興奮的說著貓咪的事，小臻隨意扒了幾口飯，就推說飽了，早早漱洗好，早早上床去。睡不著，睜眼看著黑黑的夜。孤獨、冰冷的感覺從心底湧上來，讓她每一吋肌膚都結凍般僵硬，把她和這個世界隔開。再沒有什麼是她的了。這臭阿碰，幹麼附和陳興強的話？爸媽沒了！再不會出現了？永遠永遠等不到了？如果等不到他們，那我還在這裡做什麼？她想到爸爸吃過晚餐，撐得靠在沙發上摸

肚子的樣子，她想到媽媽一邊責怪爸爸，一邊笑著的樣子；她想到爸爸戴著棉手套在花圃裡翻土的樣子，她想到媽媽坐在桌前寫字，一綹頭髮垂下來的樣子；她想到爸爸、媽媽和她打著赤腳一起擦櫥櫃、拖地板的樣子；她想到媽媽烤餅乾時，整間屋子瀰漫香香甜甜、暖暖膩膩的味道，想到爸爸從襪子破洞露出來的後腳跟……*這些真的都永遠永遠不再出現了嗎？*她把自己蜷得很小很小，像繭裡的幼蟲。沒有了爸爸和媽媽，就什麼也沒了。她要像爸媽那樣把自己埋起來，什麼都不看，什麼都不聽……

可是，她聽到了，是有個聲音從屋外傳來，如鼓，悶悶的砰砰響著……

不睬它，不睬它，沒了爸媽，再沒什麼好理睬的。

那聲音卻一直鑽進她耳朵裡——砰砰——砰砰砰——砰砰砰砰……

她把自己裹得越緊，聲音就越響。不！根本是從她腦袋裡傳出來，一記記擊著她的耳膜。她打著哆嗦，因為不耐煩，也因為生氣。幹嘛吵我？幹嘛吵我？我一點都不想理你，不想聽，不想起來。最後，她還是睜開

眼，霍地爬起來，走到窗邊，掀開窗簾……

天色全暗，窗台上的小小的花盆裡只剩枝椏和一團早該掉落的花苞。花苞在風中無聲的晃動。不是這個發出來的！是什麼？到底是什麼？她抬頭，看見滿天星星靜靜的眨著眼。也不是這個發出來的！她放眼望去，四下無人、無車，零落的燈光靜靜的亮著。也不是這個發出來的……然後，有了！馬路另一頭，附近人家用來種花、種菜的空地上有個舞動的影子——是阿碰！這臭男生，我才懶得理他。她放下窗簾，想窩回床上，又恍然發現，那砰砰的聲響，正是阿碰的腳步聲，於是又掀開窗簾。

這個男生在做什麼？

阿碰在路燈的光影下跳舞。從這畦芥菜跳到那畦萵苣，像個小精靈在催促它們快快長大。砰砰——砰砰砰——砰砰砰砰——

沒來找我的時候，他就在做這些事嗎？小臻歪著頭楞楞的看。快十一歲了，個子比阿哲大不了多少，動作和阿哲一樣孩子氣。這個阿碰啊，騰空似的跳過一堆土，彎下腰用手在地面撥了撥，左瞧右瞧，又站直身子，手舞足蹈起來。不管他是不是說了不該說的話，惹小臻生氣；不管他現在還是不是小臻的朋友，他都很可愛，比阿哲還可愛！

小臻的心怦的一跳。可是沒有人看到他的可愛。從來都沒！連他自己的爸爸媽媽都沒！阿哲好歹有他爸媽全心的愛，那些愛，足夠把一個看起來不太起眼的孩子變成寶貝。像一塊尋常的石頭，因為被充分的照料和摩搓而綻放光澤。可是阿碰沒有。他的爸爸媽媽錯失他每一張圖畫，錯失他每個笑和每個哭，錯失他每個耍寶的動作，錯失他

每一張考卷，錯失他的每一個同學……

小臻想到有一次阿碰在操場上跌了一跤，膝蓋磨破了，血滲出來，他眼眶紅了，可是沒哭，只用袖子把血擦掉，眨眨眼睛，站起來，一拐一拐的走回教室。放學前，還特地把袖口的血漬洗掉，不讓他外婆看到，膝蓋的傷也任它自己結疤。那個疤就這樣牢牢跟著他，除了他自己，再沒有一隻親人的手撫摸過——他的爸爸媽媽沒有，他的外婆也沒有。

小臻咬著嘴唇，心想：不曾被爸爸媽媽疼愛過是什麼樣的感覺？不曾叫過爸爸是什麼感覺？不曾向爸爸媽媽耍賴是什麼感覺？阿碰是不是像現在的她一樣，心裡有個大大的洞，怎麼補都補不起來？如果是，他怎麼開心得起來？怎麼能整天笑嘻嘻的？

14. 阿碰的小老師

說來，小臻有阿碰這個好同學、好朋友還是爸爸促成的。升三年級時重新分班再組，小臻和阿碰就是那個時候成為同班同學的。經過幾次測驗，老師開始實施小老師制，由成績較好的同學輔導成績較差的同學；小臻正巧就是阿碰的小老師。

得知分配結果那天，小臻氣呼呼的回家向爸媽抱怨。

「不公平，不公平。老師幹麼把張中勤分給我，我很討厭他耶。」

他那時還不是叫阿碰，連「張中勤」都不太有人喊，因為沒什麼好喊的，是那種沒有聲音、沒有影子、不被看到的孩子。

媽媽說：「人家又沒惹你，你為什麼討厭他？」

「因為他很髒，又很臭耶！超級的、世界級的臭。」

蕭老師不只讓小老師協助輔導課業，還讓小老師和被輔導的同學坐在一起，協助生活常規。最後一堂課，大家在聯絡簿上抄回家作業時，小臻看到張中勤靠在桌面的手臂上，貼著一層泛亮的東西，還納悶那是什麼新玩意兒時，沒想就見他吸了一下鼻子，抬起手臂，順勢往鼻下一抹……小臻才知道那是鼻涕。天啊，發亮的、乾掉的鼻涕！她形容給爸媽聽，都還忍不住打了哆嗦。

小臻媽媽皺起眉頭，表情似笑非笑。爸爸索性放聲哈哈大笑，笑得小臻莫名其妙。

「我小時候也那樣抹鼻涕啊！」爸爸連說帶演的抹給她看。「袖子用來幹麼的？擦汗、抹鼻涕啊！哪個小男生不是這樣的？」

「唉唷，他已經三年級了耶。好髒喔！」小臻噘著嘴，開始使出耍賴功夫。「你去跟我們老師說嘛！說我不要當張中勤的小老師，好不好？拜託啦！」

爸爸還沒答腔，媽媽先說：「不好。老師這樣安排自有她的道理，換來換去的，張中勤會怎麼想？你不喜歡他，就要把他換掉，那你覺得該把他分配給誰才公平？」

小臻沒說話，鼻尖上冒出一些小汗滴，噘起的嘴可以掛一斤豬肉。

「我也這麼想。」爸爸附和著說。

這爸爸怎麼回事？他平時不挺好講話的嗎？真真要他出面，反而

不合作了。

爸爸說：「你們老師一定覺得你最厲害，覺得你最有辦法完成使命，所以把最麻煩的人交給你啊。」

「我不要。」小臻的聲音小一點。

「也行，那你就趕快把他教會，等他會主動學習，你就不用再當他的小老師啦！」媽媽說。

「好辦法耶！」爸爸跳起來。「聰明媽媽必有聰明女兒。這麼辦準沒錯。」他把小臻從沙發上抱起來，轉了兩圈，再把她往浴室的方向推去，說：「洗個澡，精神飽飽，你就想得出要怎麼當小老師了。」

這兩人像唱雙簧一樣，就非要小臻當張中勤的小老師。遇到連爸媽都不支持的事，還能怎樣呢？就硬著頭皮做了吧！

15. 淡淡肥皂香

張中勤向來自己玩自己的，好學生不可能接納他，頑皮的學生他又招惹不起，於是這兒飛飛，那兒跳跳，可又不屬於哪一夥的，就算沒去上課恐怕都不太容易被人發現。

當了他的小老師後，小臻漸漸發現這個又臭又髒的男生其實並不笨，只是有些概念搞不清楚而已，有時小臻點他一下，他就通，有時甚至還出乎小臻意料之外的能舉一反三。小臻急著要縮短當小老師的

時間，所以盡可能的耐著性子仔細講解，還好，這時是三年級，不是五年級或六年級，真正漏失的關鍵不算多，要補救也還不難。

這個張中勤啊，也挺爭氣，再次測驗時，分數大大向前跨了好幾步。老師直誇他們這對搭檔合作得有聲有色，還讓其他組別多多向他們學習。天曉得，小臻可不是老師想像的那樣心甘情願。莫名其妙得了讚賞，心裡免不了有一些些慚愧，當然啦，成就感也是少不了的。或者應該這麼說，有了好成績，其實小臻還真是比張中勤興奮，因為成績對小臻和對張中勤的意義是不一樣的。張中勤不太在意分數，多寫對幾個題目對他的將來沒太大影響，他外婆老早說過，等他國中畢業就去工作賺錢，就算他每科都考四十分，反正薪水不會算錯就行了。可是，被稱讚的感覺，真好！對每個習作都有把握的感覺，真好！可以看到那麼多對著他笑的臉，真好！

對他而言，好成績不是分數，而是窗戶，讓別人看到他，也讓他看到別人；可是光用看的不夠，於是小臻的爸爸再使個勁，替他開了一道門，讓他和別人可以交流。

小臻生日時爸爸建議邀請阿碰來吃蛋糕，他告訴小臻說：「每回都只聽你說張中勤這樣，張中勤那樣，我真想見見他。」

小臻先是不太情願，平時在學校教他功課也就算了，還要帶他到家裡？

「不要啦！」她這麼說：「鄭加霖她們又不喜歡他。她們都說他髒。」

媽媽說話了。「什麼髒不髒的！怎麼可以這樣批評同學。」

「可是他真的很髒啊！每天都不洗澡。」

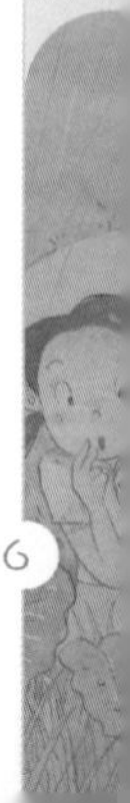

「你怎麼知道他每天都不洗澡呢？」爸爸說：「哦，我知道了，你當小偵探調查他，對不對？」

「唉唷，才不是呢。反正他很臭就是了。」

小臻的爸爸搖搖頭說：「到底是怎樣一個孩子呢？你真應該讓我見識一下。讓我看看你和他坐在一起，到底有多委屈。」

好吧！這個理由成立，小臻想，是該讓爸媽知道我有多委屈。

就這樣，阿碰和另外八名同學一起來參加小臻的生日會，嗯……他還很有禮貌的帶了一包「五香乖乖」當禮物。

也奇怪，媽媽做事向來小心，偏偏那天就有點粗手粗腳，竟然把一杯可樂潑灑在阿碰身上。

「哎呀，對不起，對不起。」他向阿碰道歉。「把你衣服淋溼了，趕快脫下來，要不然會感冒。」

這樣的媽媽是小臻從來沒見過的，客氣、多禮得過分了。當然，除了小臻，也不可能有人知道媽媽的怪異，人家只會當她本來就是這樣。

阿碰說：「不會感冒啦，不用脫，等一下就乾了。」

小臻的爸爸說：「我看你還是趕快去洗個澡，黏答答的，難過死了。」

「不會啦。」阿碰不好意思的拍拍他溼溼黏黏的褲子。

媽媽轉身進房裡，很快又出來，手上拿著一套淺灰色、男生女生都可以穿的那種休閒服。「中勤，看，這套衣服本來要送給小臻的，現在就送給你，算林媽媽跟你道歉。」

其他同學睜大眼睛互相交換眼色，有點欣羨，有點不敢相信，以為這是小臻設計出來的一個節目。小臻趕緊用她的神眼撇清。不對，

不對，我一點也不知道這是怎麼回事。媽媽什麼時候買了這套衣服要給她？她看看爸爸，爸爸跟她眨了一下眼。這兩個大人今天真是莫名其妙。霎時間，她心裡似乎有點明白什麼，又似乎更糊塗了。

爸爸半強迫半哄拐的牽起阿碰的手，說：「去去去，我帶你到浴室，要不然林媽媽會覺得不好意思。」

其他同學這時也跟著起鬨。「好啦，去洗一洗啦。要不然更髒了。」最後面那句補在心裡，沒人說出來。

媽媽給了阿碰新衣服、新毛巾，告訴他肥皂在哪兒、洗髮精在哪兒，還叮嚀他：「既然要洗，就洗個徹底，從頭到腳連耳朵後面、胳肢窩和腳趾頭都刷一刷，讓林媽媽看看你清清爽爽的樣子。」

爸爸也跟著說：「對，好好洗一洗。你會自己洗嗎？需不需要我幫忙？」

「會啦！」阿碰趕緊說：「不用幫忙。」

他要把門帶上前，媽媽又提醒他：「換下來的衣服泡在水裡，等等我幫你洗。」

阿碰轉身說：「不用啦，我會自己洗。」

自己洗衣服！小臻和同學又交換一次眼神，這是今天的第二嚇。簡直是天方夜譚，你可以替娃娃洗衣服、洗毛巾、洗玩具，可以當遊戲一樣在洗手槽邊忙個不停，可是絕對不包含洗自己的衣服。每天汗臭、每天塵埃、每天食物漬，那是屬於大人和洗衣機的事，怎麼這男生就自己來了？

「衣服耶，」爸爸故作驚訝的說：「你會自己洗？怎麼洗？」

「會啊，」這回阿碰很得意。「我的衣服都是我自己洗的。」

「用手洗？」媽媽問。

「對啊，就這樣……」阿碰兩隻手比畫了幾下，「有時候用肥皂，有時候沒有。」

「為什麼？」爸爸問。

「我外婆說我太浪費了。」阿碰不好意思的聳一下肩膀。

這是個小臻無法想像，小臻的其他同學也無法想像的生活。洗衣服打肥皂叫浪費？光用水漂過，活蹦亂跳的孩子那一身汗，豈不是一天又一天疊在纖維裡，變成永遠漂不掉的味道？阿碰的味道就是這麼來的？小臻看媽媽一眼，有一點點明白的意味。

爸爸誇張的搖搖頭。「自己洗衣服！我敢說你一定是這些同學中最厲害的一個。」

阿碰的嘴咧得很大很大。

「好啦！」媽媽說：「別再說了，中勤你快去洗。我們等你出來再切蛋糕。」

阿碰洗澡時小臻和同學們玩猜謎遊戲，玩比手畫腳，玩猜拳，媽媽張羅了一盤又一盤的餅乾、魷魚絲出來。大夥又吃又笑，直到被爸爸大驚小怪的叫聲打斷為止。

「哇，這是剛剛那個小黑三嗎？」

同學們擠過去，哇哇哈哈的亂叫；小臻也跟著湊向前去。

阿碰害羞的站在浴室門口，頭髮黑亮黑亮的貼在頭皮上，頭頂蒸著熱氣，兩片米老鼠的招風耳益發明顯；指甲縫、手肘彎都刷過，加上一套新衣服，整個人活像刨過光、打過蠟，而且還香著呢！

媽媽用一條乾毛巾幫他把頭髮擦乾，一邊噓其他孩子：「這些人大驚小怪，別理他們，走，我們吃蛋糕去。」

就是這天，在小臻爸媽的詢問下，大夥兒才知道阿碰從來沒見過自己的爸爸，他媽媽在台北工作，偶爾回去一次，停留的時間也很短。媽媽每次看到他，都說：「小勤又長高了！小勤要乖乖聽阿嬤的話喔，這樣媽媽才會回來看你。」張中勤擔心媽媽不回來看他，所以總是乖乖的，不惹事。

16. 梵谷不是飯桶

吃過蛋糕，小臻的爸爸開放他的工作室讓小臻的同學參觀，牆上掛滿照片、圖片和圖畫，桌上、椅子上東一堆西一堆的紙張、顏料。有些同學曾經來過，便熟門熟路的自己這兒看看、那兒摸摸。阿碰第一次進來，兩隻眼睛差點兒忘了眨，看到哪兒，驚嘆到哪兒，盡問些傻裡傻氣的問題。

「這枝毛筆好粗喔！」

「這種顏料怎麼像牙膏？」

「桌子上放一桶水，打翻了怎麼辦？」

「你每天在家畫畫就能賺錢喔！」

小臻的爸爸也很有耐心的回答他問題。而後，他站在一張絢麗的油畫前看了很久，終於忍不住的問：「這是什麼？」

「盛開的玫瑰，也叫青春，就是很活潑、很有精神的意思。」

「嗄！我還以為是亂畫的。一點都不像玫瑰。」

阿碰很誠實的說，其他同學全湊過來，嘻嘻鬧鬧的附和。

「真的很像亂畫的耶！」

「我也會。」

「對嘛，亂畫誰不會。」

這下小臻爸爸逮著機會了。「既然大家都會，那我們就來試試看啊。」他拿出各種繪畫素材讓大家選。「隨便畫什麼都可以，看看能不能畫得比盛開的玫瑰漂亮。」

每個人各自挑了彩色筆、色鉛筆、鉛筆、麥克筆……阿碰選了水彩——他看都沒看過的東西——畫畫。剛開始，小臻爸爸都還得教他怎麼用，不過很快他就領會要訣了。

他搬張凳子坐在落地窗邊，水桶擺地上，安安靜靜的作畫。那些女生吱吱喳喳、交頭接耳的說這個、說那個。他只咬著嘴唇，認真的和他生平第一張水彩畫交手。

沒多久，有人先晃著手上的畫紙，說：「完成了！完成了！」

接著一個一個都完成了，大半畫的不是漂亮娃娃，就是吃蛋糕，小臻也畫了今天的生日會。只有阿碰依然咬著唇認真畫他第三張水彩。其他人又都圍過來了，指著他的畫，叫著百合、桔梗、玫瑰。他

是看著小臻媽媽插的幾盆花畫的。

還溼溼的，所以爸爸把它們小心夾在畫板上，站得遠遠的欣賞。

「不錯！」小臻爸爸摸摸阿碰的頭，「果然好。」他又回頭告訴大家：「中勤是小梵谷喔！」

「『飯骨』是什麼？」阿碰不好意思的說：「我外婆說我是飯桶，不是飯骨啦！」大家都笑了。

小臻媽媽彎下腰來，告訴阿碰：「梵谷是個很有名的畫家，你畫得跟這個有名的畫家一樣好。」

「真的嗎？」阿碰的眼睛發亮，「我和畫家一樣好喔！」

大家又笑了，有人小聲說亂畫的畫家，有人說鬼畫符，有人說髒兮兮的畫家。可是誰也不能否認阿碰畫得真是不錯。尤其當爸爸把他其中一張百合加了框，拿到學校送給他之後，他愛畫、會畫的消息便逕自傳漫開。雖然這幅畫最後被他外婆以占地方的理由扔掉了，不過，這並不妨礙他的才藝。

他不再只是個髒孩子，同學們因此對他多了些友善，會和他說話，會請他畫畫。

又有那麼一天，在課外活動時，他們發現阿碰除了畫得好，還會唱歌，手掌還可以擠出砰砰的聲音，因此他多了個名字，叫阿碰。它是個封號，也是讓他融入同學的宣告。

從此以後，再也說不出是阿碰接納同學，還是同學接納阿碰，他們理所當然的玩在一起，笑鬧在一起。至於他身上的氣味嘛，小臻曾經偷偷塞了肥皂給他，要他加把勁的洗衣，當然抹鼻涕這件事，他自己也漸漸明白那是得戒掉的壞毛病。

阿碰沒變，他只是被大家看見了，至於是誰讓他被看見的，小臻

也不客氣的說：「是我，因為我是他的小老師。」爸爸、媽媽他們只是耍了些小伎倆，讓這件事更快發生而已。

其實，小臻心裡才明白，倘若沒有爸媽，或許阿碰也會自己磨合出一套與同學的相處方式，但是，不可能用生日會上的方式開始。爸媽是小臻全部的仰賴，也是阿碰——這個從沒見過爸爸，又沒跟媽媽生活在一起的青澀男孩——的精神依託。因為阿碰外婆不太喜歡他去打擾別人，他必須懇求很久很久才被允許到小臻家玩，但每次造訪小臻家，對他而言都是新的、柔軟又溫暖的經驗。小臻感覺得到，因為爸媽對待阿碰的方式，簡直讓她吃味。

老師要他們畫「郊遊」，阿碰畫了一棵樹，樹下一個男孩在翻觔斗，一個女孩在吃水果，旁邊一個男人一個女人坐在坐墊上拍手。沒人問他那些人是誰，那地方在哪裡，只有小臻知道那是小臻的爸爸、小臻的媽媽、小臻和阿碰。

有個星期六下午，爸爸開車帶媽媽和她往集集去，特地繞路經過阿碰家，阿碰坐在門檻上吃飯，菜和飯一起堆在一個大大的碗裡。車停下來，阿碰看到他們，覺得好意外，端著半碗飯跑過來，湊到窗口，嘴都笑咧了。「你們要去玩喔，好棒喔，好棒喔。」他那兩、三公分長的頭髮，鋼盔似的罩在圓圓的頭顱上，一雙眼珠骨碌碌轉，額頭上幾滴汗，臉頰紅通通。媽媽一定是看到他羨慕的眼神，於是問他想不想一起去。

「啊，好啊！」他眼裡閃爍著光，毫不遲疑的轉身朝屋裡跑，邊喊

著：「阿嬤，阿嬤，林媽媽要帶我去玩耶。」半碗飯只差一點沒撒出來。

阿碰的外婆在屋裡哇啦哇啦叫些什麼，小臻聽不出是責罵還是叮嚀，小臻媽媽下車去，探頭進屋裡告訴他外婆，吃過晚飯就帶他回來。他外婆從屋裡喊出來：「不好意思喔，這個孩子很皮，不乖就罵他，沒關係。」接著阿碰就出來了。蹦蹦跳跳跳進車裡。

那次「郊遊」是阿碰的唯一，那天他趴在窗戶上，沿路說個不停。送他回家時，小臻的媽媽還向他揮手說，下次我們再一起去玩。

可是沒有了，來不及有第二次，他們就全不見了。

17. 夜遊

而現在，阿碰竟然蹲在菜圃邊。街燈白白的罩在他身上，鍍了一層銀光似的。

小臻放下窗簾，快步跑出房間。她得去找他——這個爸爸媽媽送給她的好朋友。

小臻蹲在阿碰身邊。

「你看，這棵小白菜快冒出土了。」阿碰頭抬也沒抬就說著：「很

好吃喔，對不對！」

還沒長出來就等著被吃掉，有什麼值得歡喜的！小臻這麼想，不過沒講出口，她不是來抬槓的。

「就算會被吃掉，它還是要長得漂漂亮亮、精精神神的。」阿碰看穿她的念頭似的。「能餵飽那些鳥啊、蟲啊、人

的，它的一輩子就值得了。」

這是什麼話？為什麼一棵樹可以活幾十幾百年，一株青菜只能活幾天？為什麼有些東西就生來倒楣，注定得要奉獻自己，成就別的生命？這還有什麼好值得的？根本不公平！

小臻皺著眉，看著泥土堆間，一點青綠——還沒成長就等著被吃掉的生命。

「走吧！」阿碰站起來，「我帶你到一個地方。」

「哪裡？」小臻也站起來。

「來了就知道嘛！」

阿碰一腳高一腳低的跳著，小臻只好跟著他跑。

天色應該全黑，卻又不盡然，一抹昏昧的光在白晝與黑夜間蹭著，讓七彎八拐的巷弄清晰可見，連紅磚牆上綠綠的苔和蔥鬱的蕨都十分鮮活。

*這是哪兒？*小臻心裡疑惑但不害怕，和阿碰一起沒什麼好怕的，他一向鬼靈精怪；只是一切都玄得很。

他們穿過幾條安靜的窄巷，到另一條熱鬧的馬路邊。阿碰停下來，笑著，向馬路那邊挑挑眉。「就這兒！」

小臻四下看了看。「這兒幹麼？」她實在不明白。

「沒幹麼，你看著就是了！」

對街一家釣具行，釣具行隔壁炸雞排鋪子，鋪子前走廊一張簡

易的檳榔攤，再過去是雜貨鋪、藥房、便利商店……就跟所有馬路邊的店家沒兩樣啊，看什麼？小臻眼光從遠遠的地方收回來，再梭巡一遍，然後定在雞排鋪子裡。

兩個孩子坐在一張方桌前拉拉扯扯的，其中一個正是陳興強。

「媽，你看哥不給我玩啦。」小的那個五官皺成一團，眉毛扯成一個「八」。

坐在走廊包檳榔的女人，轉過頭去，大聲吼：「死阿強，功課不做，只會作弄弟弟。讓他一下啦。」

陳興強當作沒聽見。他弟弟伸手去搶他手上的電玩，他側身避開，左手用力推去，他弟弟摔出板凳，踉蹌了好幾步才站穩。

「哇嗚！媽，哥打我啦。」他弟弟誇張的頓腳叫起來。

「好心一點啦！別再吵了！」他媽停下手上的動作。「大大小小都像死人。也不出來管一管，幹什麼嘛？」

小臻聽不懂她在罵誰？死人怎麼會出來管？

陳興強的弟弟還是叫，越叫越大聲，惹煩陳興強，揮手一巴掌賞他。這下成了嚎，眼淚和口水一起嘩啦啦流。

他媽媽跳起來，三步兩步趕到陳興強背後，朝他後腦勺摑一掌，順便搶下他手上的東西。「你有完沒完啊？講了也不聽，你哪來的電玩？」

「他偷的啦，」他弟弟告狀。「偷他們同學的啦！」

陳興強恨恨的瞪著他弟弟，一隻手揉著自己腦袋。他弟弟幸災樂禍的伸舌頭扮鬼臉。

「你敢偷人家東西？你死定了，死定了！還不去寫作業？」他媽媽朝屋裡喊：「成天只會發酒癲，養了這種孩子也不管。」

陳興強從電視機旁邊的椅子扯過書包，甩到桌上，不甘不願的掏出作業簿。「阿定也沒寫啦，你為什麼不罵他？」

「你還敢頂嘴？」他媽媽舉起一隻手，陳興強趕緊縮脖子，想躲那個他以為會打下來的巴掌。

那個阿定噗哧笑出來，他媽媽轉過頭，手指直戳到他額頭上。

「你也一樣，還不去寫功課！」

阿定學他哥哥乒乒乒乓摔書包。

他媽媽砰砰砰的回來包檳榔，電玩重重的放到桌面上。

「明天不拿去還人家，

你就真的死定了。」

就這樣嗎？小臻看看阿碰。就這樣嗎？她為什麼不追問是偷誰的？為什麼不處罰？為什麼相信他明天一定會拿去還人家？

兩兄弟在屋裡照樣拉拉扯扯，作業本都還沒鋪排好就又鬧成一團了。接著裡頭傳來一個含糊的聲音，叫：「阿強！阿強！阿強！」一聲比一聲高。

陳興強想起身。

「你別理他！」他媽媽吼過去。

陳興強又坐下。

「懶惰又骯髒！」他媽媽說：「想喝不會自己去買！」

小臻再看看阿碰。她在說誰？去買什麼？

屋裡的聲音又喊出來，陳興強還是趴在桌上「看」作業。安靜了

五秒鐘，一個空啤酒罐猛地從側邊飛出來，砰的打在陳興強肩上，緊接著一個男人竄過來，拿著掃把柄敲下。陳興強矯捷的翻身躲過，桌上本子被掃落一地，電視機也差點被他撞倒。那男人掃把柄劈啪亂打，陳興強繞著桌子閃躲，他弟弟抱著頭，把自己縮成一團。一會兒那男人氣喘吁吁的停下來，從口袋裡掏出兩張百元鈔票，朝陳興強丟去。

「皮癢！敢不聽話，看我打死你！還不去買。」

陳興強沒哭，撿起鈔票，垮著一張臉，用力跺著步子跑出去。

「別理他！別去買！」他媽媽叫著，一邊伸手想攔他，他身子一側，閃過了，顧自往前走。抓不住兒子，這媽媽只好跳起來，跑進屋裡，指著那男人哇啦哇啦的破口大罵。

小臻臉嚇白了，一隻手拽著阿碰的袖子，一隻手握緊拳頭。

她看著陳興強的背影，想起下午陳興強站在她身邊，等著她原諒時，她一個正眼都沒給他。當時她多麼氣他，氣他不該用那樣輕蔑的態度提到她爸爸媽媽的事。可是，像他那樣莫名其妙

被呼來喝去、打來罵去的，教他怎樣認真得起來呢？他的認真又是什麼？

「沒有爸爸媽媽就了不起啊！幹麼誰都讓她！」他是這麼說的。他是不是真的覺得有爸媽也沒什麼了不起呢？在他心裡，什麼才是了不起呢？這個在學校會欺小的男孩，在家裡竟然像條倒楣蟲。小臻看著他踩著又急又重的步伐，心裡有種隱隱的不安，就像故意去揭人家的瘡疤一樣。她的後腦勺發燙，肩膀和後背，所有陳興強剛剛被打過的地方，都隱隱發燙。

她轉頭看著阿碰，阿碰說：「走吧，我們再到別的地方。」

小臻一句話也沒說的跟著阿碰走。路很曲折，拐著拐著，拐到了一棟三層樓的公寓前。

阿碰帶著她坐在對面山坡石階上，正好面對二樓。

「誰家？」小臻用眼神問他。

阿碰歪了一下頭，用動作告訴她安靜的看著吧。

小臻竟然可以透過牆面，看進廚房。是李為萍。她從烤麵包機裡拿出兩片烤好的麵包，再放兩片進去烤。她先在烤好的一片麵包上塗花生醬，放一片生菜、一片火腿，再把另一片麵包蓋上去，而後端端正正的放到盤子裡，再倒杯鮮奶放旁邊。這時烤麵包機裡那兩片也咔嚓跳起來了，她用同樣的步驟再做一

遍。等桌上安置好兩份早餐後，她就到房間去。

「起床了！」她拍拍床上鼓起來的那堆棉被。

被子裡的人動了動，沒起來，反而躲得更深。

「快一點啦！」她用力搖撼著那坨拱得更高的被窩，「快來不及了啦。」

被窩裡的人轉個身，攤平的躺著，是為舜。他閉著眼，嘴裡含含糊糊的說：「我想再睡。」

「不行啦！」為萍說：「爸說今天要早一點來，他要帶我們到六福村啊。你不是一直吵著要去玩嗎？」

「可是我現在想睡。」為舜嘀咕的抱怨，眼睛還是閉著。

「哎呀，快點啦！我要去吃早餐了，不理你了，讓你等一下趕不上，被罵。」為萍半威脅、半哄騙。

這時，一個穿著睡衣的女人靠在房門上，瞇著還沒全醒的眼睛，一隻手插進亂蓬蓬的頭髮裡搔癢，懶懶的說：「你們在幹麼啊，一早就吵死了。」

「媽，是為舜啦，不肯起床。」

「舜啊，快起來，想睡就到你爸車上去睡。要不然乾脆留在家，晚一點我也要到公司加班，讓你自己睡個夠。」

「我才不要。」李為舜翻身坐起來，揉著眼睛，一邊嘟囔著什麼，一邊跌跌撞撞的到浴室去。

「幫你弟弟帶件外套，等一下在車上睡了可以蓋。」她打個呵欠，一邊走回房間，一邊說：「我睏死了，別再吵我了。」一邊又問：「功課都寫好了吧！」

「嗯，寫好了……」

話沒聽完，她媽媽的房門就喀的合上了。

「……就是昨晚寫太晚，今天早上才起不來。」為萍還是把它說完。

為萍先去換了衣服，再到餐桌來。為舜趴在桌上，嘟著嘴。

「喂，少裝了，快吃啦。爸最不喜歡等人了，你還磨！」

「人家真的想睡嘛！」為舜耍賴的把臉轉到一邊去。

那模樣真像阿哲。小臻想。只是我不是為萍，我沒有弟弟，我也沒有為萍的耐心。

「只剩十五分鐘。」牆上的鐘指著八點十五分。為萍說：「爸爸都很準時喔！再不快點，等一下挨罵。」

「罵就罵……」為舜挺起身子，小聲說：「我想睡，我也沒辦法。每次都這樣，要帶人家去玩，也不讓人家睡飽……」他這是在發牢

騷。小臻差點沒笑出來。

「好啦，好啦。」看他清醒一點的樣子，為萍比較放心了。「你乾脆先去換衣服，等一下我們可以把早餐帶到車上去，這樣才不會讓爸爸等得不耐煩。」

這次為舜倒聽話的回房裡換衣服。為萍先喝了牛奶，再用餐巾紙把兩份早點包好。接著他們爸爸的車就到了。

「叭！」

短短的一聲，為萍差一點跳起來。「阿舜，你好了沒？」她跑到弟弟房間去，為舜在翻抽屜，一腳穿了襪子，一腳光光的；襯衫後襬還有一半掛在褲子外。她過去，順手撈起他的襯衫下襬，拉開褲頭，把它往裡一塞，再幫他在抽屜裡找襪子。

「每次叫你一雙一雙放好，你就不聽。」她嘴裡說，手可沒停。

「我怎麼知道這隻襪子破了嘛！」

唉，越是急，就越找不到配成雙的。要嘛就顏色不一樣，要嘛就腳趾的地方撐破了，再不就是後跟磨破了。好不容易找到一雙，她趕緊把為舜腳上那一隻扯下來，再套上這一雙。

「叭！叭！」兩聲了。

「你快把牛奶喝了。」為萍說著，一邊把為舜的外套和早餐放進提袋裡，一邊到門口去穿鞋。經過媽媽房間時，她沒忘開門探頭說：「媽媽再見！」

她媽媽的手伸出被子外招了招，含糊的說：「再見，照顧好弟弟……路上小心……」

「嗯。」

為萍很快的穿好鞋。讓爸爸的喇叭響三聲就不妙了，為舜也很識

時務，只喝一口牛奶就趕著下樓。

他們的爸爸開部銀灰色的車，旁邊坐著一個女的，頭髮捲捲的，臉圓圓的，皮膚很白。後座有個三歲左右的男孩，胖胖的，看到為萍就叫：「姊姊。」樂得直蹬腳。

「爸爸，阿姨，早。」為萍鑽進車裡說：「度度早。」為舜也鑽進車裡，跟著說：「早。」

「每次都拖拖拉拉的，還早……」他們爸爸邊嘀咕著，邊把車開走。

看著銀灰的車子匯入馬路上的車陣中，慢慢的駛出視線外，小臻問：「你為什麼帶我來看他們？」

「沒為什麼，」阿碰扮個鬼臉，「只是想讓你看看別人的問題。」

別人的問題是別人的事，我幹麼知道？就算他們的爸媽不住一起，總也還看得到，只要讓我看得到爸爸媽媽，我才不在乎會被罵。

小臻想起有一次放學，同路的同學嘻嘻哈哈一起走，半路上遇到一個老婆婆蹲在路邊，四周散了一堆高麗菜，她說她買了菜要回去包包子賣，平時是用腳踏車載，那天車壞了，就用兩個大塑膠袋提，沒想其中一個袋子破了，她只好把六個高麗菜塞進一個袋子裡，另兩個用衣襬兜著，繼續往前走，結果連第二個袋子也破了，她正

發愁時，看到這些孩子，便問他們能不能幫她忙。同學們商量一下，覺得再去幫她找塑膠袋還不如直接幫她把菜帶回家來得方便，於是阿碰和彥明各拿了兩個，意秋和小臻各拿一個，就這樣繞了點路，完成日行一善的壯舉，一道陪老婆婆回家。這件事其實並沒有耽誤太多時間，問題是，回程途中，他們經過一座公園，裡頭有人在放風箏，那些燕子啊、鷹啊、蜈蚣和臉譜在天空翻轉、搖曳，太迷人了，他們仰著頭一直看，還追著小一點的風箏跑，直到太陽都快下山了，才想起要回家。

那天小臻到家時，不只爸爸在家——爸爸平時替人家設計布花、海報或宣傳單，大半時間都在家工作——連媽媽也到家了；這不對，媽媽是在縣政府上班，這時還沒下班，不應該在家。他們鐵青著一張臉，看到她進門，焦灼的神情鬆懈下來，眼裡的神色由幽暗轉為亮再轉成熱，連臉都紅了；尤其是媽媽。她跨步搶到面前，劈頭就是一頓罵，說她電話打遍了，問不著她的下落，正準備報警。

媽媽的神情就像上回有一次，以為小臻把外公給的傳家瓷花瓶打破了，認真一看，發現是虛驚一場。於是一肚子的惱啊、急啊、氣啊反而全翻上來，沒頭沒腦的亂罵一

通。小臻從沒見過媽媽那樣激動，她嚇呆了，連哭都不敢哭，還是爸爸倒了水給她和媽媽，場面才緩和下來。

那時小臻不懂媽媽為什麼要生那樣大的氣，在她看來，根本就是小題大作。現在她懂了。她懂至愛的親人突然不見了，是什麼感覺。因此她更有理由生氣，爸爸媽媽實在不應該放她一個人在這裡乾著急。要嘛，索性出來狠狠罵她一頓，她也絕對願意接受。

18. 變身

「來，」阿碰說：「我們去看看你的鄰居。」

小臻一時想不出他說的是誰。她家一邊是巷子，另一邊梁爺爺、梁奶奶家又沒小孩，她很少去找他們，「鄰居」指的是誰呢？顏阿姨嗎？那才遠呢！根本就是「鄰村」。

看到遠遠一棟透天厝，小臻才恍然大悟，「鄰居」指的是坐她旁邊的黃映橙——那個偶爾送她一點小東西的女生。她，有什麼好看

的？天黑了，圍牆又高，阿碰打算怎麼做？難不成要按電鈴等著人家來開門？才想著，阿碰牽著她的手，輕輕一提，他們已經坐上庭院裡一棵水皮黃的枒杈上。

大片大片的油綠葉子交錯在眼前，往下看，是一池靜靜的水，池中有隻石雕鯉魚，嘴張著，原本應該要噴出水，現在只無言的朝著天空。往上看，是一輪渾圓的月，不遠處有些雲慢慢的、輕輕的牽扯著，像一疋要迎向月亮的綢。在這樣一個寧靜的夜晚，小臻想起前年中秋節，爸爸、媽媽、她和舅舅在外公外婆家附近的草坪吃月餅、剝柚子。

阿碰撞撞她手肘。他要小臻看的是屋裡。

黃映橙趴在客廳茶几前專心的畫著一張大大的畫，對面沙發上一個菲律賓女孩認真的剪貼色紙圈串。

「完成了。」黃映橙抬起頭坐直身子，仔細的從左邊看到右邊。

「好漂亮！」菲律賓女孩放下手上的色紙，說：「我們趕快把它貼起來。」

兩人小心翼翼的把一張半開大的壁報紙貼到壁櫥的玻璃門上。上面畫著各色的花、許多可愛的女孩拍著手，口白框裡寫著「祝你生日快樂」，另一個女孩紮著兩條辮子，辮子上綁著粉紅色的蝴蝶結，衣領上裝飾著細緻的花邊，粉紅色的洋裝長到腳踝，打扮得像公主一樣，頭頂的口白框裡寫著「謝謝你的祝福」。

接著她們又忙著在壁櫥與兩面牆間拉色紙圈。

「她要辦生日會？」小臻輕聲問。

「對啊，她不是也邀請你了嗎？」阿碰說。

「沒有啊。」

「有。」阿碰說：「只是你看都沒看就把邀請卡塞進抽屜裡。」

是嗎？小臻看著黃映橙，想起她是曾經收過一張什麼的。可是誰知道那是邀請卡啊？就算知道，她也不會去的。她們又不是朋友，她根本不知道要跟她講什麼。

「反正她的同學會幫她慶祝。」小臻說。

「你也是她的同學。」阿碰說：「你沒去，就少了你的祝福。」

我自己都需要人家祝福了，怎麼祝福人家呢？小臻想起以往的生日，都是媽媽幫她籌畫聚餐，她會列名單，一個一個打電話邀請，還和爸爸媽媽一起做甜點。一年級那年，她還做了好多貼了亮片的圓錐紙帽，一人一個，之後就沒再戴帽子了——阿碰參加她生日會那次也沒有——因為看起來很幼稚。現在，爸爸媽媽不見了，再也不會有人幫她辦生日會，不僅這樣，和以前那些同學離得那麼遠，再也不會有人記得她，不會有人祝福她，像這樣一個孤零零的孩子，用什麼祝福人家呢？

小臻不再說話，心裡不是滋味的盯著屋裡那兩個興高采烈的人。

突然門鈴響了，菲律賓女孩趕緊跑去開門。一個穿著合身套裝的女人走進院子，開了門進屋裡。

「媽！」黃映橙叫她。

「嗯，」她沒什麼表情的應著。「你爸回來沒？」

「還沒。」

「搞什麼……」她小聲咕噥著，看看黃映橙手裡牽著一串彩色紙圈帶，又問：「功課做完了嗎？」

「做完了。」

「那就不要耗太晚，早點睡。每天都要蘿莉叫。」

「好。等我布置好就去睡。」

她看看玻璃門上的海報，又瞄了一眼天花板垂掛下來的綵帶，問：「考卷發了？」

黃映橙停了一下，心虛的看了她媽媽一眼，又趕快把眼光移走。

「發了。」

「怎麼？都滿分嗎？」

再停了好一下，她才輕輕的搖頭。

「沒有？」她媽媽眉頭皺起來，聲音也大了。「幾分？」

黃映橙站著沒回答，怯怯的盯著她媽媽。

「去拿來我看。」說完，她連表情都沒換又接著說：「我要洗澡了。」

蘿莉放下手上的膠帶，到浴室放水。黃映橙從書包裡抽出幾張考卷交給她媽媽。她媽媽迅速的翻了兩張，到了第三張，她認真的看了看，蹙著眉用力的拍著考卷說：「這種題目也寫錯，你到底有沒有用心啊！你要什麼我給什麼，怎麼我要你好好讀書，你就是不放心上？」

黃映橙低下頭。

「你說話啊！你！老師教的你到底有沒有在聽？」

「有啊！」黃映橙小聲說。

「有怎麼會錯？成天只想玩。下次再寫錯，就休想我再答應你什麼有的沒的了。」她丟回考卷。「這樣的分數我不簽名，你叫你爸簽。」她轉身回房，順便丟了一句：「去把錯的重抄十遍。」

黃映橙撿起考卷，摺好，放在桌上，又從書包裡掏出一本筆記簿，趴在茶几上開始抄寫。

「她考了幾分？」小臻問阿碰，她從來沒去注意別人的分數，其實

連自己分數也根本不在意，反正跟著考了就是。

「三科，兩百九十七分。」

小臻張著嘴。這不好嗎？如果她有這個成績，爸爸會親她一下，媽媽會要她以後更仔細作答，然後，他們可能去看場電影，或去逛書店，或去找顏阿姨和臭皮玩。爸爸和媽媽從來不曾為了分數凶她，因為他們愛她的人勝於愛她的成績；她知道，她一向都知道。

阿碰說：「她的爸媽和你的爸媽不一樣，每對父母的想法也都不一樣，每個小孩都得學著去適應。」

那麼，她要學的是什麼？對愛她卻又莫名其妙棄她而去的爸爸媽媽，她得怎麼適應？就是把他們找回來？非得把他們找回來！他們怎麼可以放著我不管？

小臻沒說話，抬頭看著月，中秋節那天，大夥兒在大大的蓆子上談天，她累癱了，枕著媽媽的腿瞌睡，媽媽還用條手帕替她趕蚊子。她眼皮塌下來，又硬撐開，耳朵不想漏掉大人的聲音，卻又沒力氣完全捕捉，於是舅舅講到一半的話慢了、胡了、斷了……再聽到聲音時，成了媽媽的，又不知什麼時候外婆沒頭沒尾也插進來一段，一會兒爸爸一句，消失了，外公一句，消失了，舅舅一句，媽媽又一句……那些話啊，真像在海面飄搖的小船，一陣風來，就湧上浪頭，風去，又落進浪谷底，浮上來、沉下去……就成了這樣……

「……老師說她很聰明，就是太……」爸爸說。

「……還是得管，要不然……」媽媽說。

「孩子就是孩子嘛，大一點就……」外婆說。

「……想學畫，就學啊，不過鋼琴也別……」舅舅說。

「……我看這孩子是有些天份，好好栽培，反正只有……」外公

說。

「……要什麼都給，只要她消化得了……」爸爸說。

「……你不知道，他啊，連月亮都會摘下來給……」媽媽說。

是啊是啊，都還沒開始呢，怎麼就不管我了？我不要月亮，只要你們回來，回來履行你們的承諾。

「你還在幹麼？」

小臻被黃媽媽的聲音嚇一跳。她洗好澡，換上睡衣，頭頂裹著一條大毛巾，看黃映橙還在客廳剪綵帶，不高興的問。

「沒有啊，我訂正好了，要拿給你看。」黃映橙拿起几上的筆記本，小心的遞過去。

「你爸呢？」

「還沒回來。」黃映橙又把另一隻手上的考卷遞過去。「我們明天要交，你幫我簽名好不好？」

她一把搶來，不由分說的從中間撕下，又扔回去。「跟你講過我不簽。」她轉過身，順手扯下玻璃窗上的海報，「生日快樂！考這分數有什麼好快樂的！都幾點了還不上床，難怪考不好，還不去睡？」

說著，她進房間去，留下黃映橙一臉慘白，愣愣的站著。前後不到一分鐘，一切全毀了。小臻不敢置信的張著嘴。她媽媽不應該這樣生氣，不應該撕她考卷，不該沒祝福她還撕她海報。不可以這樣的！

阿碰要溜下樹，小臻問他：「你要去哪兒？」

「去陪黃映橙。」阿碰說。

「不可以！」小臻有點驚慌。不可以！不可以！可是阿碰沒停下來。

「你回來！」小臻叫他。

「不，是你應該過來。過來陪你的同學。」

阿碰說完繼續走。

「你快回來！」小臻急哭了。「快回來！」

黃映橙沒哭，她蹲下去，看著地上的考卷。那身影那樣孤單，大大、豪華的家只讓她顯得更小、更無助。如果是以前，如果她們是同學，小臻會很希望給她一些安慰，可是現在不一樣！她自顧不暇，怎麼有能耐管別人家的事。

「阿碰，你回來。」

你不能帶我來，又自己跑掉，你還沒帶我去看我爸媽。我要去看我爸媽！

她看到阿碰走進屋裡，蹲下身，幫黃映橙把考卷撿起來，放到茶几上，一張張鋪平、拼湊好。他們湊得那樣近，彷彿老早就認識一

樣。黃映橙拿著膠帶，阿碰幫著固定好撕裂的考卷，讓她小心的黏上。

那是阿碰嗎？小臻定定的看著。是那個陪她從南投來、陪她捱過這陣難過時光的那個男生嗎？怎麼又不像了？阿碰在變著，變成她沒見過的樣子……變成一個女生，一個只有五歲模樣，小鼻子，大眼睛，臉頰紅撲撲的，穿著長長的棉質凱蒂貓睡衣的女生。除了一頭捲捲的、淡淡的頭髮外，臉孔和黃映橙真像。那女孩是誰？阿碰呢？

阿碰不見了！不見了！

「阿碰回來！你快回來！」

小臻大聲叫著，她的阿碰不見了，不會回來了。

「小臻，小臻，你做噩夢了。」阿姨抱著她，哄她。「阿姨在這裡，你別怕，別怕。」

小臻埋在阿姨懷裡號啕大哭。

「我要……阿碰……帶我去找媽媽……爸爸……」她抽抽搭搭的叫著。

「我知道你想爸爸媽媽。我們也想。」

阿姨緊緊的抱著她，臉頰靠在她頭頂，壓得好緊好緊。小臻一臉鼻涕、眼淚，阿姨用手幫她抹掉，它們又湧出來。她的身體裡到底有多少眼淚？有多少傷心呢？是誰打開這道閘門讓它們奔流出來？她不知道，什麼都不知道，只想哭個痛快。哭到眼淚不再流，哭到人空了，累了，然後才打個哆嗦，轉成抽泣。

阿姨搖著她，含含糊糊說了些什麼話。她記得那感覺，媽媽曾經那樣抱過她，爸爸曾經那樣抱過她，外婆也是。有些她故意要忘記的感覺慢慢湧上來，從阿姨暖暖的懷抱沁進她的肌膚裡，匯到她的心上。她再打個哆嗦，合上眼，睡了。

19. 如果可以重新來過

七點五十分，他們還坐在餐桌前。今天早上阿姨讓阿哲多睡了半個鐘頭，不想讓他吵醒小臻。等他們梳洗好，早餐早放上桌了。阿姨要他們慢慢吃，說她已經向老師請了兩堂課的假，晚一點她會帶他們到學校。阿哲喜孜孜的，一副賺到的模樣。

「昨天晚上我好像聽到有人哭著要找爸爸媽媽耶。」他滿嘴麵包的說：「媽，有沒有啊？」

他媽媽白他一眼，說：「是小臻姊姊，做噩夢了。」

「噢，噩夢喔，我也做過。」他咂吧咂吧嚼著麵包說：「可是現在都忘光光了。」他好心的安慰小臻：「夢又不是真的，你不要怕，醒過來就好了。」

小臻沒說話，她看著前面的麵包和牛奶，不太確定自己是在夢裡，還是醒過來了。如果是夢，那這場夢是從什麼時候開始的？如果是醒著，那又該從哪個部分接下去？

她抬起頭，看著阿姨。「我爸爸媽媽現在在哪裡？」她小聲的問。她非確定不可。

阿姨有點猶疑，不知該怎麼回答，倒是阿哲又搶先了。「在天上啊！他們一起到天堂去了。」

阿姨看著阿哲，無力的嘆了一口氣。阿哲以為自己講錯話了，趕緊又說：「是在金寶山啦！」

小臻看看阿哲又看看阿姨，等著答案。

一會兒阿姨才說：「你知道金寶山，那天你也去了，記不記得？」

小臻點點頭，她是去過。那麼，從那時候開始就不是夢了？她的爸爸媽媽現在在那個埋葬死人的地方，在一方小小的櫃子裡，在一甕白瓷罈子裡？那些全是真的？

他們不會回來了！

「他們為什麼會在金寶山？」

她的意思是：他們為什麼不要她了？

「因為地震那天他們死了啊！」阿哲說。

「阿哲！」阿姨皺著眉頭，凶凶的喊了一聲。

「我又沒亂說。」阿哲噘起嘴。

他是沒亂說，小臻想，我只是想知道為什麼偏選個她不在的時候？為什麼偏選個她要賴的那天？為什麼他們沒有帶她一起走？

「他們……有沒有說什麼呢？」小臻小聲的問，不確定自己希望聽到什麼答案。

「沒有。找到他們的時候，他們都沒……呼吸了。」阿姨輕輕的牽了一下嘴角。「我想，假如他們有話要說，一定會說，還好你那天不在家；他們會要我們好好照顧你；他們會要你勇敢的生活。」

「他們……不是故意要讓我找不到他們？不是故意不帶我去？」

「你怎麼會這樣想？你是他們最愛的孩子，他們怎麼會故意放你一個人不管呢？」阿姨心疼的伸出手去握著小臻的手。這時她才看到這個小外甥女除了喪親之痛之外，心裡還有大大的影子。

她告訴阿姨她的祕密，那件她使了心眼一直在逃避澆水的祕密。

她叨叨絮絮的說完，阿哲很快又接口：「哎呀，我還以為是什麼咧，這有什麼了不起的，我有時候懶得倒垃圾或懶得洗碗，也會假裝想睡覺啊。媽媽才不會怎樣。爸爸也不會。」

「你啊……」阿姨不知道該生氣還是該笑的搖搖頭。「小臻才不像你。」然後轉頭告訴小臻：「不過阿哲說得沒錯，你爸爸媽媽不可能因為這樣就懲罰你，老天爺也不會因為這樣就把你的爸爸媽媽收回去。這是意外，是天災。和你無關。」她又轉過去看著阿哲，「不過啊，你倒提醒我，以後誰敢再耍賴或偷懶，我都不能心軟，馬上給他加倍工作！」

「嘎，好倒楣喔！」阿哲小聲咕噥一下。

表情滑稽到讓阿姨和小臻都不由得覺得好笑。

停了一下，阿姨又拾回原來的話題。「你……想去看看你爸爸媽

媽嗎？」小臻聽得出來阿姨的口氣有些擔心。

小臻點點頭。

「好啊，我也要去。」阿哲興奮的說：「爸爸星期天回來，讓他帶我們去。」

「阿哲。你快吃啦！真是的。」小臻聽得出來阿姨好像比較輕鬆一點。

「小臻沒吃，你都不說她。不公平。」阿哲嘟噥著。

「小臻沒像你那麼多話。」她轉過頭來，說：「小臻，你也要多吃一些喔。」

小臻喝了一口鮮奶，咬了一小口麵包。蘋果醬，上星期阿姨自己做的，以前她沒吃過，不過沒關係，她在意的不是這些，她在意的是阿姨剛才說的話。爸爸媽媽的過世是小臻一輩子的遺憾；但他們充足的愛、沒有責怪的愛，也將永遠滋養小臻的生命。她會牢牢記住，一點兒都不讓它消褪。

接下來，她想知道的是那個夢，那個阿碰帶著她到處去的夢，那個阿碰消失了的夢。那個從遠遠的家鄉來陪她、除她之外無人能見的阿碰，到哪去了？

「你認識黃映橙嗎？」小臻問阿哲，也問阿姨。

「誰？」突然冒出個不相干的人名，阿姨的反應有點轉不過來。

「啊唷，就是那個黃映橙啊！」阿哲覺得媽媽有點呆，小臻不是講得夠清楚了嗎？「星期六要請小臻去她家吃生日蛋糕那個同學啊。」

這回換小臻睜大眼了。他怎麼知道黃映橙要過生日？黃映橙幾時邀請她了？連她都不知道的事怎麼他也會知道？不會吧！阿碰不會也帶他到那兒去了吧！

「哦，是功課很好的那個女孩。」阿姨說：「怎麼？你星期六會到她家吧？想送她什麼禮物呢？我們一起來準備。」

「我是說……」小臻不知該從何問起。

「我要送她一盒軟糖，我最喜歡吃軟糖了。」阿哲咂著嘴，「我也喜歡吃巧克力，你乾脆送巧克力好了。媽，今天下課，你帶我們去買喔！」

「聽起來不錯。」阿姨說：「送巧克力好嗎？」

哎呀！事情還沒搞清楚，怎麼就變得要送禮了？小臻沒說話，反倒阿姨說：「不送巧克力也沒關係，到時候你再自己選。」

小臻支吾一下說：「她家……」

「對啊！」阿哲又插嘴，「她家好大。我和李為舜都去過。就是去年啊，她生日的時候嘛，她請李為萍啊，可是李為萍要帶著李為舜啊，李為舜說，裡面又沒有他的同學，他才不去。所以啊，她就來邀請我了。因為我是李為舜最好的同學。」

「你啊，就是跟屁蟲。」阿姨笑著拍了阿哲一下。

「才不是咧！是他們拜託我的耶。」阿哲說個不停。「他們家蘿莉啊，準備好多東西喔，玩踩氣球的時候，我和李為舜最厲害，把他們的氣球全部踩光光。我們一直玩，一直玩，玩到她媽媽回來，我們才回家。我告訴你喔，」這次阿哲是在跟小臻講：「她媽媽很凶。看到她媽媽，你最好乖一點。」

這個我知道。

「胡說些什麼？」阿姨說：「一定是你們鬧得太不像話，小臻才不會跟你們一樣。」

「才不咧！她真的很凶，我沒騙你。她會罵人，還會撕黃映橙的考卷。」

連這個阿哲也知道？小臻嚇了一跳。昨晚他也看到了嗎？

「你怎麼又知道了？」阿姨問。

「全班都嘛知道。」阿哲神通廣大的解釋，「因為她的考卷都用膠帶黏來黏去啊。李為萍告訴李為舜，李為舜告訴我啊。」

「她媽媽為什麼要撕她的考卷？」這次是小臻問的。

「因為沒考一百分啊。」

小臻聽到阿姨輕輕嘆了一口氣。「唉呀，阿哲，你就少管別人的事了。」

「我才沒有咧，真的是這樣啊。」

「她媽媽為什麼要凶她？」小臻的意思是，黃映橙好像沒犯什麼大不了的錯啊！

「求好心切啊。」這是阿哲的解釋。

「來！」阿姨抽了一張面紙，幫阿哲擦擦嘴。「去換衣服，我帶你們上學去了。」

「等一下。」阿哲抱著屁股，咧嘴做個好笑的表情。「我要嗯嗯。」然後哼著自己編的大便歌，砰砰砰跑進廁所。

阿姨白著他的背影搖頭，嘴角忍不住笑。小臻也笑了。

「你吃飽沒？」阿姨問。

「吃飽了。」

「那你也去換衣服。」

小臻起身，想起阿哲剛才的皮相，又笑了。她從來都不曾那樣不正經過，不知道爸爸媽媽看到他也像阿哲那樣皮，會怎麼說？

她走了兩步，想起學校那些貓咪，停了一下，回頭鼓起勇氣問：「阿姨，我……可以養貓嗎？」

「啊，就是我昨天告訴你的貓啦！四隻喔。」是阿哲的聲音。這人真是連上廁所都不安分。

「噢！」阿姨猶豫的頓了頓。

不行了！她不讓我養了。她一定覺得我不會照顧貓咪。

可是阿姨說：「四隻啊，太多了……」再頓一下，「一隻，養一隻呢？」

行行行！一隻也行。我會好好照顧我的貓咪的。「謝謝阿姨。」

「我也要！我也要！」阿哲又喊了。

「你少來了！將來啊，你的事情可多著哪。」

「什麼事？功課喔，放心，我做得完啦！」阿哲只差沒把頭從廁所探出來。

「也算功課。我要你幫我照顧妹妹。」

一片安靜。這兩個孩子完全不懂這話是什麼意思。哪來的妹妹？

阿姨看著小臻，很鄭重的宣布：「我肚子裡的寶寶。」

接著就是沖馬桶，開水龍頭的聲音，兩秒鐘後，阿哲已經站在他媽媽面前，不敢置信的問：「你是說，我要當哥哥了喔！」

阿姨點點頭。

阿哲睜大眼睛說：「你的肚子裡有寶寶喔！我摸摸看。」沒說完，他的一隻食指已直指他媽媽的肚子。「硬的耶！小臻你也來摸摸看。」

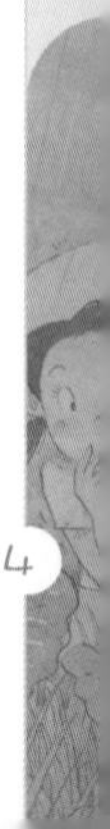

阿姨伸出手去，小臻感染了他們的喜悅，也不由得伸手讓她牽過去，輕輕貼在阿姨的肚皮上。

阿姨很認真的說：「小臻，你是大姊姊，以後要幫阿姨帶這兩個小傢伙。」阿姨指的是阿哲和肚子裡的寶寶。

「還有一隻貓咪。」阿哲說。

小臻點點頭，發自內心的願意。

微風迎面吹來，陽光斜斜打在樹梢，灑在路面。小臻第一次抬頭看到周遭的景象，原來這裡也有晴雨走廊，原來這裡也種了尤加利，原來這裡的麻雀、白頭翁叫聲也和南投的一樣。那麼，南投的玫瑰是否也能在這裡的土地活下來？

到學校的時候，正值第二節下課，四隻小貓被移到辦公室裡，同學們四處走動玩耍，沒多少人再去注意牠們。阿姨到辦公室和老師說了些話就離開。小臻進教室，走到座位上，把抽屜裡的東西一樣樣拿出來：一本筆記簿、一個小布娃娃、一塊粉紅色橡皮擦、一張邀請卡。她把這些東西全部裝進書包裡。同學送的，沒有退回去，當然就得收下來。

黃映橙從外面進來，興奮的說：「星期六你要來喔！李為萍、鄭芝儀、張佩姍、王佳品……還有李為舜和廖殷哲都會來。」

那對熱切的眼睛完全讀不到昨晚的無助，那張被扯下的海報、被撕破的考卷，和她媽媽嚴厲的責罵都沒打擊到她嗎？這是個什麼樣的

孩子？小臻看著她，看進她眼睛裡，想找些她也不確定的什麼東西。

「我會和廖般哲一起去。」她輕聲說。

20. 有你作伴

晚上，小臻在房間寫功課，阿姨端了一盤切好的蘋果進來。

「還沒寫好嗎？」

「剩一行生字。」

「那好，等你寫好我們就來吃點水果。」

「阿哲呢？」小臻有點訝異，平時阿姨很少和她在房間吃東西。

「我讓他看一會兒電視就上床去。」

阿姨有話要說。小臻直覺反應。是什麼呢？爸爸媽媽還是阿碰？

「小臻啊，你早上怎麼問起黃映橙的事？」

「我……」一下子小臻倒不知道該怎麼回答。是啊，她和黃映橙本

來八竿子打不著。「因為……她邀請我參加她的生日慶祝會，又送我很多東西。」

「這女孩啊，她媽媽對她是嚴厲了些，她需要朋友，你，你們應該多關心她一點。」阿姨把蘋果推近一點，說：「你吃，我告訴你一些她的事。」

阿姨說，黃映橙原有個妹妹，小她五歲，是她媽媽盼了好久才生下來的。這個妹妹讓他們家冷清的氣氛溫熱起來。黃映橙她爸爸常常應酬，每天三更半夜才回家，有了妹妹之後，他回家早了，逢人就讚小妹可愛，說小妹是心肝，小妹是寶貝，小妹是天使。吃的、穿的、用的樣樣都給最好的。

奇怪了，那黃映橙呢？為什麼她不是心肝、不是寶貝、不是天使？看到爸爸媽媽那樣疼小妹，她不會吃味、不會抗議嗎？或者，她也像爸爸媽媽那樣疼她的小妹妹嗎？

這些問題小臻沒問，不過阿姨讀出來了，顯然她也同樣感到疑惑，只是她無法解釋。她說，或許一家有一家的問題。或許他們家的問題，出在大人，不在小孩。總之，黃映橙才上小學沒多久後的某一天，她起床後，東摸西摸，蹭著不想上學，惹得大家不開心。平時她是由爸爸開車送的，那天她爸爸說他上班遲了，不能再耗下去，所以自己先出門，讓她媽媽和她周旋，等她媽媽擺平黃映橙的彆扭後，才開車送她上學、送小妹到保母家。

就在那個路上，出了車禍，他們的小天使妹妹從此不見了，他們家也再度陷入冰點；而，黃映橙就成了冰源，成了她爸爸媽媽怪罪的對象。

沒人問她失去妹妹是什麼感覺，沒人問她知不知道爸爸沒回家和媽媽撕考卷有什麼關係，她只能乖乖的接受爸爸媽媽的對待，並且認定自己真的是禍害。是這樣嗎？

「她又不是故意的。」小臻為她抱屈。

阿姨嘆口氣，說：「鄰居私下也都這麼說，可是沒人敢去和她爸爸媽媽提這件事。」她用叉子叉了一片蘋果給小臻，小臻接過來，沒吃，盯著看片刻，說：「我想，她一定很難過，她的爸爸媽媽不應該怪她。」

阿姨拍拍她的手背。「你說得對。有些事很容易就知道發生的原因，有些事你根本就不可能知道為什麼會發生的。不過，不管知不知道原因，都不能改變發生的事實。她的爸爸媽媽真的應該趕快走出悲傷，讓情緒早點恢復正常，這樣生活也才能好好的繼續下去，要不然，只會越來越糟。」

小臻很快再想過一遍阿姨的話，並且把它存在心裡。她覺得這些話好像是為她說的。

「小臻，」阿姨看她沒說話，又接著說：「儘管黃家很有錢，黃映橙的生活也有女傭照料，其實她很需要朋友。你願意當她的朋友嗎？」

小臻彷彿又看到黃映橙和一個小女孩蹲在大大的客廳撿考卷、黏考卷的身影

一定是這樣了！一定是她需要有人陪伴，所以阿碰才會變成她最希望擁有的妹妹，就像阿碰也在我最需要有人陪伴的時候，留下來陪我一樣。那麼，這個阿碰，就不只是阿碰了！他是小天使嗎？只要人家需要，他就隨時準備陪在人家身邊的小天使嗎？下次見到他，一定要問他個清楚。

小臻這麼告訴自己，雖然她不確定阿碰是不是還會出現，不過她很高興阿碰現在化身成另一個小天使，陪在黃映橙身邊。

她朝阿姨點點頭。她會的，她願意當黃映橙的朋友。

「阿姨，阿哲有彩色筆嗎？」

「彩色筆喔，有啊，不過，有的好像乾了咧。你現在就要嗎？」阿

姨按著桌面，想起身。

「我想畫一張卡片……給黃映橙。」

「哦，」阿姨的眼睛亮了。「阿哲還有一盒色鉛筆。我去拿，你先將就著用，明天我再去幫你買一盒。」

「沒關係，可以畫就行了。」

「好，你等等，我讓阿哲拿來。」

「謝謝阿姨。」

「不客氣。」

阿姨站起來，往房門走去，一手扶在門把上，頓了一下，又回過頭來問：「你昨晚在夢裡好像叫著阿碰什麼的，阿碰是誰？」

「哦，是同學。」小臻說：「坐我旁邊。」她心裡想著什麼時候要告訴阿姨阿碰的事。

「你……很想念你的同學？想不想去看看他們？」

「嗯。」

「好，有空時我請姨丈帶我們去。」阿姨又叮嚀一句：「你別弄得太晚喔。晚安！」

「阿姨晚安！」

小臻第一次真正想到她的同學。她原本那一班還在嗎？是不是也有些人像她的爸爸媽媽那樣消失了呢？是不是也有人會想念她呢？還有，阿碰呢？還趴在他家門口板凳上寫功課嗎？或者真的當天使去了？她要，她一定要再回去看一趟。出事後，學校停課，她在顏阿姨家待了三天，等阿姨料理好一些事後，她就被帶離南投了。那時的南投房子傾倒，道路變形，四處鬧哄哄的，完全不是她認識的樣子。之後，她只回去過一次。那天，同時出殯的人很多，她看到了顏阿姨、臭皮和老師，但她忘了有沒有看到阿碰。她把眼睛閉上，把耳朵關掉，把心鎖在那個她原本熟悉、卻突然憑空消失了的地方。在此刻之

前，她不曾真正關心過阿碰或任何同學。

她要！她一定要再回去看看她的老師和同學。她一定要再回去看看她和爸爸媽媽住過的地方。

天黑了，熟悉的星星、熟悉的月色，和客廳傳來熟悉的電視聲，小臻覺得眼前的生活並不像她自己以為的那樣陌生。不論爸爸媽媽現在在天上也好，在金寶山也好，總之是不會再回來了；以前陪她一同上課，一同玩鬧的同學，也必定有他們自己的遭遇。她知道，生活不可能恢復從前的樣子，卻會用另一種風貌在她眼前展開。現在，她在這兒，在阿姨的家，她有新的弟弟和妹妹，有新的老師同學和新的生活。「意外」只會讓路轉個彎，不會讓路斷掉；她不能一直站在岔口不動，得要繼續跨步走，就像太陽不能老躲在黑夜後面，得要重新照耀大地一樣。

明天，我要阿哲幫我把那株玫瑰種進花圃裡……

作者簡介

呂淑敏，一九五四年生，曾任幼兒教育工作，現任童書編輯。

能為孩子們做事，深覺是一種福分。

相信每個孩子心裡都有個天使，只要天使不睏著了，或被困在陰鬱的匣盒裡，都會是個好的引路者。

希望每個孩子都能走在一條對的路上。

繪者簡介

貝果，

居住在看得到101 Mall，嗅得到植物香氣的台北近郊。

時常在往返家中與咖啡館的路上欣賞沿著舊房舍生長的小花小草，而多繞了幾個巷口；屋簷上曬著溫煦陽光正在打哈欠的三色小貓、藏身公園秘密基地遊蕩嬉戲的小白小黃們，總是延緩著他的步伐，吸引他的目光。這些既陌生又熟悉的小身影也經常在他繪製的插圖中客串一角，調皮可愛地演出。現在，貝果正坐在桌前，看著綠意盎然的遠山，將生活中的美好事物一筆一筆地畫下來。

九歌少兒書房 156

天使帶我轉個彎

作者	呂淑敏
繪圖者	貝　果
美術編輯	裝丁良品
發行人	蔡文甫
出版發行	九歌出版社有限公司 臺北市105八德路3段12巷57弄40號 電話／02-25776564・傳真／02-25789205 郵政劃撥／0112295-1
九歌文學網	www.chiuko.com.tw
印刷	晨捷印製股份有限公司
法律顧問	龍躍天律師・蕭雄淋律師・董安丹律師
初版	2006（民國95）年7月10日
初版6印	2012（民國101）年7月
定價	**220元**

書號　0170151

ISBN　957-444-319-1

（缺頁、破損或裝訂錯誤，請寄回本公司更換）

國家圖書館出版品預行編目資料

天使帶我轉個彎 / 呂淑敏著 ; 貝果繪. -
初 版. -- 臺北市 : 九歌, 民95
面 ; 公分. --(九歌少兒書房 ; 156)
ISBN 978-957-444-319-2(平裝)

859.6 95009925

九歌少兒書房